徳間文庫

織江緋之介見参㊅

震撼(しんかん)の太刀

上田秀人

徳間書店

目次

主な登場人物

織江緋之介(おりえひのすけ)　小野派一刀流と柳生新陰流を遣う若侍。小野忠常の息子で、本名は小野友悟(おのゆうご)。

徳川家綱(とくがわいえつな)　江戸幕府第四代将軍。

西田屋甚右衛門(にしだやじんえもん)　吉原惣名主。吉原創設者である庄司(しょうじ)甚右衛門の跡を継ぐ。

明雀(あけすずめ)　三浦屋(みうらや)の遊女。元吉原で名を馳せた二代目高尾太夫(たかおだゆう)のひとり娘。

徳川光圀(とくがわみつくに)　水戸藩藩主。緋之介と交誼を結ぶ。

真弓(まゆみ)　光圀の異母妹。緋之介の許婚(いいなずけ)。馬術を愛好する。

小野忠常(おのただつね)　剣豪・小野忠明(ただあき)の子。書院番と将軍家剣術指南役を兼ねる。

小野忠也(おのちゅうや)　忠明の子。小野派一刀流の継承者として令名を馳せる。

阿部忠秋(あべただあき)　老中。豊後守。三代将軍家光(いえみつ)に仕え、現在は家綱を補佐する。

上島常也(うえしまじょうや)　阿部忠秋の異母弟。阿部家上屋敷で留守居役格として仕える。

堀田正俊(ほったまさとし)　奏者番。備中守。家光に仕えた老中・堀田正盛(まさもり)の三男。

徳川頼宣(とくがわよりのぶ)　紀州藩藩主。権大納言。徳川家康の十男。

本庄宗孝(ほんじょうむねたか)　館林徳川家の家老。当主綱吉(つなよし)の母である桂昌院(けいしょういん)の兄。

牧野成貞(まきのなりさだ)　館林徳川家の家老。備後守。当主綱吉を補佐する。

第一章　残火再燃

一

「小野次郎右衛門忠常どのがご子息とお見受けする」

九段下の小野派一刀流道場を出た織江緋之介は声をかけられた。

「いかにもさようでござるが、御貴殿は」

鼻息の荒い相手に嘆息しながら、緋之介は訊いた。

「陰流、田島主馬。一手所望いたす」

田島は、緋之介へ試合を求めた。

「一刀流の決まりで、他流のお方と試合することは禁じられておりまする」

緋之介はいちおう決まり文句で断りを述べた。

「いや、剣の優劣は試合でなくば、わかりますまい。でなくば、わが陰流に恐れをなして、小野派一刀流は逃げたと吹聴いたしますぞ」

脅しに近いことまで田島が口にした。

「そこまで言われるなら……」

一度いさめただけで、緋之介は首肯した。

慶安の変を起こした軍学者由井正雪の残党と名のる輩が、徳川最大の軍船安宅丸の見学に出てきた四代将軍家綱を襲ったことは、厳重な箝口令がしかれたにもかかわらず、翌日には江戸中に広まっていた。

そのとき、将軍御座近くまで侵入した賊を迎え撃ったのが、小野次郎右衛門忠常とその息子友悟であったことも知られ、一気にその剣名を高くした。

これが、江戸の剣客たちを刺激した。

「我が流名を日本中に轟かせる絶好の機」

戦がなくなって実技から素養へと姿を変えた剣術は、日に日に衰退していた。将軍家剣術指南流である小野派一刀流や柳生新陰流はまだ隆盛を保っていたが、名もなき流派は風前の灯火であった。

弟子もなく、金もない。それこそ明日の命さえわからぬ境遇にまで堕ちた剣術遣いたちは、起死回生の一手に出た。

小野派一刀流に挑んだのだ。

といったところで、将軍家警固の書院番を務める小野次郎右衛門に勝負を挑むことは、幕府に喧嘩を売ることになる。そこで、剣術遣いたちは、まだ身分の確立していない小野友悟に目標を定めたのであった。

「道場まで戻りまするか」

小野友悟こと織江緋之介は、田島に問うた。

「いや、そこの廃寺の境内で、お願いいたす」

判で押したように、挑んできた剣術遣いたちはそう応えた。

たしかに敵地に一人で乗りこむことほど危険なことはなかった。多人数で押し包まれるかもしれない。いや場合によっては槍を持ちだすかも知れないのだ。

人目さえなければ、なにをやっても許される。将軍家剣術指南流には、それをするだけの力と事情があった。負けることは許されないのである。

「ではそこへ」

緋之介は、あっさりと承知した。その足で廃寺へと先に立って歩いた。緋之介はついてくる足音で田島がそれほどの遣い手でないと感じた。

足の運びであるていど腕を知ることはできた。

旗本、大名の屋敷の林立する九段下だが、少し角を曲がれば人気のない無住の寺もあった。緋之介は門が壊れ、出入り自在となっている廃寺を選んだ。

まだ無住となってそうときを経ていないはずだったが、すでに庭は雑草で埋まっていた。しかし、本堂前の一部だけ、毎日のようにくりかえされる試合で、伸びた草が踏み固められていた。

「ここでよろしいか」

「けっこうでござる」

振り向いて足を止めた緋之介に、田島は首肯した。

「陰流田島主馬」

「小野友悟でござる」

流名を告げた田島に対して、緋之介は名前だけを語った。小野派一刀流正統からずれた緋之介に、流名を口にすることは許されなかった。

「流名を言うほどでもないと」

礼に失した緋之介の態度に、田島が怒った。

「無礼は承知しておりまする」

緋之介は軽く黙礼だけした。

「ならば、その態度、真剣で断じてくれようぞ」

顔を真っ赤にして田島が太刀（たち）を鞘走（さやばし）らせた。

「…………」

無言で緋之介も抜きあわせた。

「細いな」

緋之介の太刀を見て、田島が小さく笑った。田島の太刀は、肉厚で長さも定寸ぎりぎりの立派なものであった。

「やはり昨今の旗本は腰のものを軽くせねば持つこともできぬらしい。それで将軍家剣術指南役の家柄でございとは片腹痛いわ」

「道具でお役を果たすわけではござらぬ」

さすがの緋之介も小野家を嘲られて、黙って見すごすわけにはいかなかった。

「参られよ」

最初に緋之介が言った。

真剣勝負では、関係のないことではあった。しかし、稽古や試合では格下からかかっていくのが礼儀である。緋之介の誘いは、田島を未熟と告げたにひとしかった。

「おのれ、驕慢な」

田島が憤った。

「大口たたいたことを後悔させてやる」

頭に血がのぼった田島が、青眼に構えることもせず、そのまま突っこんできた。

腕にどれだけ差があろうとも、真剣勝負は命のやりとりである。一度抜いた以上、己の命を奪われても文句を言うことはできなかった。

届かぬと、緋之介は田島の太刀を見切った。緋之介は受けもかわしもしなかった。

「えっ」

二寸（約六センチメートル）の見切りは、頭に血がのぼった状態でみれば、ないにひとしい。ぞんぶんに斬ったと確信した田島は、手応えのなさに唖然とした。

「二の太刀を忘れたな」

緋之介は田島の心得のなさを指摘した。一撃必殺が極意であることはどの流派も同じである。しかし、第一撃をはずされたときに放つ二の太刀も重要であった。田島は、真剣勝負の経験がなかった。身体が重ねた鍛錬を忘れた。いや、心ができていなかった。

空を斬って地に食いこんだ太刀を見おろしている田島に、緋之介は遠慮ない一撃を振るった。

緋之介の一刀は田島の右腕、肘から先を斬りとばした。

「へっ」

目の前に白光を見た田島だったが、どうなったかわかってはいなかった。

「お、重い」

両腕で支えていた太刀が、左手だけになった。いや、そこに斬られて身体から外れた右肘の重みがくわわったのだ。田島は不意に重量のました太刀に驚愕し、思わず取り落とした。

「な、なんで手が……」

あわてて刀を拾おうとした田島は、しっかりと柄を握る己の右手に目を剝いた。

「わ、わああ」

悲鳴とあわせるように肘から血が噴きあがった。

「刀で名をあげようとしたのだ。命をかけるだけの覚悟はあったのだろう。腕一本、剣術遣いとしての命運を断った修行不足を身にしみよ」

緋之介は、田島の手当をすることなく、廃寺を後にした。

歩きだした緋之介の横に大きな人影が寄り添った。

「むごいの。友悟」

並んだのは、緋之介の叔父、剣鬼小野忠明の息子の小野忠也であった。

戦国の末、天下の名人と讃えられた伊藤一刀斎から、父忠明以上の腕と称された忠也は、忠也流小野派一刀流を起こし、広島城下で道場を開いている。

本家である兄小野次郎右衛門忠常を訪れたときに、剣の道に迷いを生じていた緋之介を見て、その性根と腕をたたきなおすために江戸へ滞留し続けていた。

「なぜに殺さなかった」

小野忠也が断じた。

「叔父御」

「あの者の腕はなっていなかったが、それでも剣にいままでを捧げてきたのであろう。死合での勝ち負けは、己の修行の多寡が招くもの。ならば、敗者に与えられるものは死でなければなるまい。なまじ生かしたがゆえ、あの者は生涯我が未熟さを後悔し続けていかねばならぬ。剣が満足に遣えるのならば修行を積んで再戦を望み、つぎこそ勝つとの思いにすがれよう。したが、あれでは、それもかなわぬ。重ねてきたものを崩され、ふたたび積むこともできぬ。そうしたのは、緋之介、そなたぞ。剣士の戦いは、己のすべてをかけるもの。勝者は敗者の恨みを残さぬようにせねばならぬのだ」

小野忠也が、きびしく緋之介を指弾した。

「心得のきかぬことでありました」

すなおに緋之介は頭をさげた。

「戦国の世ではなくなった泰平の今、侍は無用の長物、先祖の功績のうえにあぐらをかき、無駄に飯を喰うだけと思われておる。なればこそ、侍の表芸たる剣術を学ぶ者は、峻烈でなければならぬ。軽々しく真剣での勝負など申しこんではならぬし、受けるなどもってのほかである。友悟、そなた将軍家を助け評判になったことで高慢となっておるのではないか」

「そのようなことは……」

あわてて否定しかけて緋之介は、詰まった。ここ最近、毎日のように挑んでくる輩にいい加減腹をたてていたのはたしかであった。

そのいらだちが、真剣での死合をぞんざいにしていた。

「わかったようじゃの。よいか、人は過ちをおかすものじゃ。いや、過ちをしでかすからこそ人なのかも知れぬ。後悔は何度でもいたせ。だがな、同じ間違いを二度とするでない。くりかえすは、愚か者ぞ」

「肝に銘じましてございまする」

ていねいに緋之介は頭をさげた。

「うむ。そなたはまだ若いのじゃ。いくどでも悩むがよい。始祖忠明さまを始め、柳生創始石舟斎（せきしゅうさい）どのにしても、修行の最中はいくどもあやまちをなされている。そなたごときは、毎日道を踏みはずして当然なのだ」

「はい」

小野忠也の訓戒を緋之介は心して聞いていた。

「それにの、年を越えて女の園にいながら、ようやくその味を知ったばかりだというのは、さすがに男としてどうかと思うぞ」

話が急に下卑てきた。

「まあ、その相手が吉原看板藤島太夫だというのは、うらやましいかぎりではあるがな」

「叔父御」

言われて緋之介は真っ赤になった。

己に好意を向けてくれている女二人、どちらかを選ばねばならぬとなったとき、緋之介は、真弓を選び、藤島太夫に別れを告げた。

藤島太夫は、緋之介の妻となることができぬと知って、かねてから望まれていた豪商の囲い者として吉原を出ることを決めた。そして藤島太夫は吉原最後の相手に緋之介を選び、寸刻の逢瀬を身体に刻んだ。

このことは、一夜にして吉原の噂となって広まった。

女として求められるしあわせを奪われた妓たちは、他人の望みとはいえ果たされたことを我がことのように喜ぶ。吉原という苦界でしか生きていけぬ者たちは、まるで血の繋がった一族のように手をとりあって生きているのだ。

「霧島がよろこんで教えてくれたわ」

小野忠也の言う霧島とは、西田屋甚右衛門方の格子女郎のことだ。小野忠也が、西田屋に寄寓している緋之介を訪れるうちに馴染みとなり、いずれは身請けして広島へ連れて帰ろうと考えている敵娼である。

「いや、からかっているのではない。死んだ者にこだわり続けていたそなたが、ようやく生身の女に気を向けた。喜んでおるのだ。人の生まれた目的の一つが、子を作ることだ。子がなくば、血は絶える。剣の流派でも同じ。すべてを受けつぐ弟子を残せなければ、その剣は滅ぶ。まあ、儂とて名を残そうとして剣を学んできたわけではないが、一刀斎さまより受けついだ技を伝えずに死ぬことは、師の苦労と好意を無にすることになる。それは不孝であろう」

「はい」

「子が生まれぬこともある。それはいたしかたのないことじゃ。だが、そのための努力を怠っていては、先祖に顔向けができまい。残すものを持って初めて人は一人前になるのではないか」

しみじみと小野忠也が言った。

「もうしわけありませぬ」

緋之介は頭を垂れるしかなかった。

たしかに緋之介にかかわった者の多くが死んでいった。家康から秘宝を託されて武士を捨て遊女屋の主となったいづや総兵衛こと稲田徹右衛門、将軍家光の弟忠長の墓を護り続けたもと駿河藩士で刀鍛冶の旭川ら任を持った者から、緋之介に好意を抱いてくれたいづやの遊女桔梗、御影太夫、柳生織江など女たちにいたるまで、みな未練を残してこの世を去っていった。

すべての死を看取ってきた緋之介は、その重さに耐えかねて一度潰れた。

なんとかそこから立ち直ったが、まだ緋之介のなかに脆いものが残っていた。小野忠也は、緋之介の危うさを見抜き、隠されたひびを繕うことのできるのは心から支えたいと願ってくれる女だけだと見抜いていた。

「藤島を選んだほうが楽であったかも知れぬぞ。真弓どのには、荊がつきまとう。天下を治める徳川の枝葉は、望む望まぬにかかわらず、騒動に真弓どのをまきこもう」

「承知しております」

胸を張って緋之介は応えた。

「ならばよい。男というのは女を護るためにある。ひいてはそれが、子孫を残すことに繋がるのだがな」

満足そうに小野忠也が首肯した。

「なにをしている。いつまでもこんなところで男同士が話していてもしかたあるまい。参るぞ吉原へ。霧島が待っているでな」

いそいそと背中を向ける小野忠也に、緋之介はあきれながらもあたたかいものを感じた。

二

奏者番堀田備中守正俊は上屋敷で、一人の女中を謁見していた。

「そなたが、春日局さまの遺された大奥別式女衆の頭か」

平伏している馬乗り袴姿の女に、堀田備中守が言った。

「はっ。大奥別式女衆を束ねさせていただいております、出雲と申しまする。お見知りおきを」

男と見まがうばかりの立派な体軀をした別式女出雲が平伏した。

「義母春日局さまより譲られた大奥の力、その武を遣うときが来た」

堀田備中守が、勢いよく告げた。

信長、秀吉に仕えたあとで落魄した堀田家は、家康に拾われはしたが、往年にはおよびもつかぬ小身であった。その堀田家に運が向いてきたのは、堀田備中守の父正盛が三代将軍家光の小姓としてあがり、その寵愛を受けたことに始まる。三男ながら父正盛の引きで幼くして目通りした堀田備中守を気に入った家光は、その身分を引きあげるために、大奥最高の権力を誇る春日局の養子としたのだ。

春日局には夫稲葉正成との間に、正勝、正定、正利の実子があった。だが、春日局は家光の乳母にあがる前、稲葉正成と離別し、三人の子供すべてを残して家を出ていた。

将軍家乳母として力を手にした春日局は、捨てた子供たちをそれぞれ大名に取りたてた。孫もでき、跡継ぎには困らなかった春日局に、家光はあえて堀田備中守を養子に迎えるよう命じた。

　また、春日局も諾々として応じ、さすがに同居はしなかったが堀田備中守に目をかけ、よく引きあげた。

「はっ。備中守さまからの御命は、うけたまわるようにと先代の頭より申し継ぎを受けておりまする。それが、大奥のためであるならば」

　出雲は堀田備中守に臆することなく、告げた。

「念を押すまでもないわ。新しき上様をお迎えするは、大奥にとって重大事である。さらにご当代さまのように、お身体が弱く、大奥へとお通いになることが少ないようでは、お世継ぎさまもお生まれにならぬが、余の推すお方さまは精力に富まれておられる。将軍の座につかれれば、まちがいなく大奥へ足繁く参られ、多くの女中にお手をつけられることとなろう。さすれば、大奥の威勢はますます盛んとなる」

　堀田備中守が、滔滔と述べた。

「まことでございましょうや」

「疑わずともよい。まだ元服されたばかりにもかかわらず、すでにお子さまを……まだ生まれられてはおらぬが、側室の腹に胤をさずけられたほどじゃ。案ずるでない。それに、そのお子さまも、大奥へと移られることになるのだ。二代先の将軍家まで大奥は手にすることになるのだぞ。金であれものであれ、まさに思うがまま」

利を述べて堀田備中守が誘った。

「承知つかまつりました。で、我ら別式女衆は、なにをいたせばよいので」

首肯した出雲が、問うた。

「旗本小野次郎右衛門忠常が息、友悟を亡き者にいたせ。先日口惜しいながら、見事に家綱が命を護って見せた。このままでいけば、将軍身辺を警固する書院番あるいはお小十人に取りたてられることになるやも知れぬ。いたずらに後継なきお人を武家の統領たる地位へ掲げ続けることは、世の乱れとなる。言わずともわかろうが、大奥の権威失墜ともな。ささいな障害ではあるが、新しき上様をお迎えする道に石が落ちていることは許されぬ」

四代将軍家綱を堀田備中守は呼びすてた。

「備中守さま、それは上様のお命をお縮め……」

言葉のなかに含まれた堀田備中守の意思に気づいて、出雲が絶句した。

「口を塞(ふさ)げ」

堀田備中守が冷たい声を出した。

「言葉にするだけで首がとぶようなことを申すな。余はそのようなことは申しておらぬ。ただ新しい上様の阻害になるもとを避けたいだけなのだ。よいな。そこをまちがうな。春日局さまも仰せであったろう。権なきは生きる力なしと」

「はっ」

大奥にとって春日局は絶対であった。三代将軍家光就任のころは、まだ表と奥の区別さえあきらかでなく、大奥の人事や日常に老中はおろか勘定役や目付(めつけ)が口出しできた。大奥に住むものは、表の顔色をうかがい、与えられたものだけでやっていかなければならなかった。それを変えたのが春日局であった。

あやうく弟忠長へ持っていかれそうになった将軍の座を取りもどした将軍家の乳母、その権勢は旭日のごとくであった。

さらに春日局は家光の小姓であった松平(まつだいら)伊豆守信綱(いずのかみのぶつな)や阿部(あべ)豊後守忠秋(ぶんごのかみただあき)ら小身の者を引きあげさせて、執政衆とした。

家光が諾々としたがう春日局に、小姓時代から抑えつけられてきた松平伊豆守や阿部豊後守たちがさからえるはずなどなかった。とくに春日局の養子となった堀田備中守はその薫陶(くんとう)の結果、御用部屋より大奥を重視するようになっていた。

　こうして大奥は男子禁制、女人の館として独立することができた。いや、老中の任免、罷免さえ可能な力を擁するにいたった。

　大奥が今あるのは一人春日局のお陰である。大奥へあがった女中たちは、まず御台所ではなく春日局への忠誠を骨身にまで叩きこまれた。

「春日局さまの望まれた大奥の栄華を護るためぞ」

「わかりましてございまする。で、その者はどこに」

　出雲は堀田備中守の話を受けた。

「織江緋之介と名前を変えて、吉原は西田屋甚右衛門方に寄寓しておる」

「色里に住むなど、旗本としてあるまじきこと。目付衆に申すだけで、ことは終わりましょうに」

　なぜに大奥の矛別式女衆を駆りだすのかと出雲が首をかしげた。

「どこでどう知りあったのかはわからぬが、織江は水戸の光圀と親しい。さらに紀州の頼宣とも繋がりがあるようじゃ」

「藪をつついて蛇になりかねぬと」

「うむ。余に傷がつくくらいならばよい。しかし、あのお方さまにまでおよぶことは許されぬ。余が手であると知れてはならぬのだ」

「はっ」

はっきりと出雲がうなずいた。

「備中守さま。一つおうかがいいたしてよろしいか」

出雲が顔をあげた。

「なんじゃ」

「備中守さまが御推挙なさるお方さまとは、いずれの……」

窺うような目の出雲を備中守がしっかりとにらんだ。

「三代将軍家光さまがご四男、館林参議綱吉さまである」

「末弟さまでございまするか」

出雲が小さく不審を浮かべた。

家光には、五人の男子がいた。嫡男は四代将軍となった家綱であり、三男が甲府二十五万石の主綱重、そして四男の館林藩主綱吉であった。

「上様がお弱いことは存じあげておりまする。なればこそ、次のお方をとお考えでございましょうが……」

「なぜに長幼にしたがわぬかと申すのであろう」

「…………」

無言で出雲が頭をさげた。

「器じゃ。綱重さまは、将軍たる器ではない」

「なかなかにご壮健、さらに学問にもご熱心との噂もございまするが」

さすがに大奥の武を束ねる別式女頭である。将軍家の血筋一通りのことを知っていた。

「じょうぶなだけで将軍は務まらぬ。なにより学問は修めればいいというものではない。実際をともなわぬ虚学は身につかず、かえって悪癖のもととなる。政(まつりごと)に役立つ実学でなければ意味はあるまい。綱重さまがお好みは、和算だという。数をいたずらに大きく、あるいは小さくしてもてあそぶだけの学問にご執心されても役にはたたぬ」

堀田備中守の言うように、綱重は和算の達人である関孝和(せきたかかず)を抱え、毎日その講を聞くほど夢中になっていた。堀田備中守は、そんな綱重を机上の空論と切ってすてた。

「家綱さま将軍家御継承のおり、由井正雪と名のる軍学者の一団が謀反(むほん)を起こした。

神君家康さま、二代秀忠さま、三代家光さまと何一つ幕政が揺らぐほどのことがなかったにもかかわらずじゃ。これは、家綱さまをご幼少とあなどったこともあろう。しかし、なによりも幕威衰退が原因なのじゃ。賢君をいただき、我ら執政衆がそのお側を固めておれば、徳川の御世髪の毛ほどのひびも入りはせぬ。まさに幕府千年の礎ができよう。そのためには、どうしても名君となられるお方でなければならぬ」

「綱吉さまが、そうだと」

「無礼者めが」

聞き返した出雲を堀田備中守が怒鳴りつけた。

「余の眼を疑うか」

「申しわけございませぬ」

堀田備中守の剣幕に、出雲があわてて詫びた。

「綱吉さまには、綱重さまにはない情がある。いや、人を繋ぎ止める徳があるのじゃ。お目にかかれば、そなたでもすぐにわかろう。綱吉さまがおられなければ、今の余はないのだ」

「それは……」

「きさまごときが知ることではない。春日局さまから譲られた権をもって命じる。織江緋之介を排除せよ。否やは認めぬ」

いっそう声をきびしくして堀田備中守が宣した。

「はっ、はは」

「これを遣うがいい。余っても返さずともよい」

深く平伏した出雲に、口調をやわらげた堀田備中守が切り餅四つ、百両を手渡した。

「こんなに……」

大金を目の前にして、出雲が目を剝いた。

「なにをするにも金はいる。自在に遣うがいい。また、この度のことにかかわりなく、金が要るときは申せ」

「かたじけなく存じまする」

見たこともない大金に、出雲は震えた。

別式女とは、単なる女武芸者ではなかった。男子禁制たる奥向きにおける武力として生まれた、いわば護衛のための女武芸者であった。

奥向きのなかで戦うことだけに専念したため、低い天井や柱に武器が引っかからないよう独特の技術を身につけていた。

大奥へ戻ってきた出雲は、局の出入り口を扼する角に設けられた別式女控え室へ入った。

「出雲さま、備中守さまのご用件とは」

待っていたかのように、控え室にいた別式女たちが問うた。

「侍を一人倒せとのことじゃ」

腰をおろした出雲に出されたのは、湯呑み一杯の白湯であった。

色香をもって将軍の手が着くことこそ至上の大奥において、別式女は冷遇されていた。別式女は頭の御広敷格を筆頭に、副頭がお使番頭格、他は火の番格でしかなかった。かろうじて頭は将軍家や御台所に目通りできるが、火の番格は下から数えて三番目、鈴の廊下の戸締まり番であるお使番、大奥の雑用いっさいを担うお末より上なだけであった。

禄も頭が五石十五両二人扶持、平の別式女など五石七両二人扶持と、御家人でも最貧の伊賀組同心よりも少なかった。

「誰をでございまするか」

「織江緋之介と名のる無頼の浪人者じゃ」

出雲は緋之介の正体を隠した。

これはいかに身分低き別式女とはいえ、もとは小旗本か御家人の娘である。どこで小野家と縁があるかわからないのだ。大奥は生涯奉公で、一度あがってしまえば、親の葬式といえども帰宅できない決まりである。しかしそこは人の心、ことを起こす前に話が漏れるのを出雲は避けた。

「なぜに浪人者を、我ら大奥別式女衆が殺害せねばなりませぬので」

当然の疑問を別式女の一人、相模(さがみ)が出した。

別式女は、大奥の警固、すなわち将軍、御台所、ご一門を守衛する者と、表の書院番、新番に並ぶ役目だと思えばこそ、辛(つら)い修行にも耐え、少ない報酬にも我慢しているのだ。

浪人者を襲うなど、いわば町方、同心(どうしん)など不浄職の任で、名誉ある別式女として首肯できるものではなかった。

「大奥のためである」

出雲は事情を話さず、それだけを口にした。

「しかし、頭……」

まだ不満を言いつのる相模に、出雲が重く命じた。

「堀田備中守どのが命は、春日局さまのお言葉である」

「ははっ」

春日局の名前が出れば、いかなる反論も封じられた。

「人選をおこなう。失敗は許されぬゆえ、万全の布陣で臨む。相模、大和(やまと)、美濃(みの)。そなたたちだ。指揮は相模がとれ」

「承知つかまつりました」

すでに春日局の名前が出ていた。もう誰も否やを言わなかった。

「そなたたちは、明日より実家(さと)へと帰るがよい。御広敷番頭には、我が手続きをしておく」

出雲が告げた。

御広敷とは、大奥を支配する表の役所のことである。番頭は大奥をも統括したが、その実態は女中たちに嫌われて左遷されることを避けた腰砕け役人であった。

大奥女中の終生奉公はすでに形骸となっている。大奥から出された里帰りの願いを拒否するだけの気概を御広敷番頭はもっていなかった。

「浪人の名前は、織江緋之介。一刀流の流れをかなり遣うとのことだ。油断するな。住まいは浅草の向こう、吉原の西田屋甚右衛門方だという」

「吉原、あのような汚らわしいところでございますか」

聞いた別式女たちが、表情をゆがめた。

たった一人将軍という男しかいない大奥では、ほとんどの女たちが性とは無縁の生活をおくらされていた。いっぽう、吉原の遊女たちは、月のさわりをのぞいてほぼ毎日男と触れあわなければ生きていけない。

大奥の女中たちから見て、吉原は穢れたところであり、そこに出入りすることはもちろん、まして住んでいるなど堕落の極みであった。

「そのていどの者ならば、なんなくことを終わらせることができましょう。お頭、宿下がりは三日くだされればけっこうでございまする」

相模が胸を張った。

「五日やろう。少し静養してくるがいい。それとこれは費えぞ。堀田備中守さまよりの下されものじゃ」

出雲は懐から切り餅一つ、二十五両を取りだした。

「三人でうまく分けるがいい」

「お頭……」

じつに四年ぶんの給金に近い金額を差しだされて、別式女たちは、唾を飲んだ。

「芝居を見に行くもよし、酒を飲むもよし、着物などを買うもかまわぬ。遣いきってよい」

堀田備中守と同じことを出雲が言った。

「か、かならずや果たして見せましょう」

唾を飲みこんで、相模たちが頭をさげた。

三

吉原の大門は昼八つ（午後二時ごろ）に開かれる。三味線の音色を背中に、前夜客を取った妓たちも風呂や化粧をすませ、見世先で妍を競い、忘八たちが客の袖を引く。

「いい気なものだねえ」

吉原の中央を貫く仲之町通りを歩きながら、大津屋しまは吐きすてるように言った。

客にとって極楽、妓は地獄とたとえられる吉原に素人女が入ってくることは、あまりなかった。

「見てごらんな、あの男たちの鼻の下を伸ばしたようすはどうだい。あれでも世間に出れば、名のとおったお旗本や店の主なんだろ。情けないねえ。男と女の閨ごとなんぞ、吉原でなくともできるだろうに。己の女房とだっておなじことをするんじゃないかい」

「はあ」

話しかけられた忘八が、困った顔をした。客のおかげで生きている忘八にとって、すなおにうなずける話ではなかった。

「入れて動いて出すだけ。小半刻（約三十分）もかかりゃしない。本当に男は愚かな生きものだよ。まあ、そのお陰で、わたしの見世はもうかっているんだけど」

仲之町通りの中央付近、あと少しで揚屋の並ぶ京町になるところで、大津屋しまは紺色の暖簾におうぎ屋と白抜きされた一軒の見世に入った。

「お帰りなさいやし」

「女将、ごくろうさまでございやす」

まだ客の姿がない見世の土間に、ばたばたと忘八たちが出てきた。

大津屋しまは、じろりと見世のなかを見わたした。

「土間の隅になにか落ちてるよ。三味線の音がよそより小さいねえ。芸者はあそんでるのかい。ちゃんと弾かないなら辞めてもらいな。それにおまえたち、大門が開いたというのに、なんで見世にいるんだい。仲之町通りまで出て客を捕まえておいで」

叱りながら、板の間にあがった大津屋しまが、帳場に腰をおろした。

「昨夜の売りあげは……なにやってるんだい。三人もお茶ひいてるじゃないか。茜に都、松夜を呼びなさい」

「茜さんは、ちょうど月のさわりでござんして」

忘八がおそるおそる口をはさんだ。

創始以来吉原では、月のさわりや体調の悪い妓に客を取らさないのが慣例であった。これは病気の予防が主であったが、妓にとっては数少ない気の休まる日でもあった。

「それがどうかしたのかい。金で買われた身体だよ。ちょっと股の間から血が出てるだけじゃあないか。やりたいだけのやつなら気にしないだろう。わたしも夫がいたときは、したものさ。我慢できないもんだからねえ、男は。揚げ代を割り引いてもいいから、身体を空けさすんじゃあないよ」

「それはかえって妓の身体を傷めやす」

「それがどうかしたのかえ。この吉原に堕ちてきたときから、生きて大門から出て行けると思ってはいないはずだよ。二十八歳の年季が明けても、借金は消えやしない。身請けされればいいけれど、そうでない妓は、路地の裏にある安い見世へと売り替えられていくのが決まりごと。いいかい、わたしは趣味や楽しみでこの商いをしているんじゃない。いずれはこの吉原、いや江戸中の遊女屋を手にしたいと思っているんだよ。そのためにはどれほどの金が要るか、明日のない吉原の住人たちには考えもつかないだろ。人でさえない遊女やおまえたち忘八など使えなくなったら捨てるだけ。捨てられたら行くところがないはずだよ。人別を止められてるからねえ。追いだされたくなかったら働きな」

「女将さん……」

さすがの忘八も顔をゆがめた。

「人がましい顔をするんじゃあないよ。おまえたちに先などありゃあしない。吉原を出されたらその場でやくざに殺されるか、お奉行所に捕まってお白州のあと土壇場に坐らされるか。どっちにしろ生きてはいられない。だったら、吉原で死ぬも同じじゃないか。わかったらさっさと女郎たちに覚悟を決めさせておいで。今日から一日とて身体を休める日はないよってね」

言い終わった大津屋しまは、帳面に目を戻し、忘八などいないかのように算盤を入れ始めた。

「……ごめんを」

しばらく大津屋しまを見ていた忘八が小さくつぶやいて立ちあがった。

客の姿が見え始めると忘八は一気に忙しくなった。

おうぎ屋には揚屋まで出向いて客と一夜を過ごす格子女郎は二人しかいない。他は皆一様に枕屏風で区切っただけの大座敷で、線香一本ぶんの逢瀬をいくらで買われる端ばかり、格子を揚屋に見送って仕事は終わりとはいかなかった。

夜具の準備に、客の飲食の注文、はては後始末に使われた紙の処分にいたるまで、夕餉を摂るどころか、息つく暇もない。

「大引けでござあああい」

独特の言い回しで仲之町通りを会所の下役が触れてまわる深夜子の刻（午前零時ごろ）、ようやく忘八たちは息をついた。

「引けたな」

「へえ」

客座敷近くに詰める忘八を残して、一同が一階板の間に集まった。

「飯にしよう」

忘八頭の合図で、皆が箸を持った。

商売の要である遊女に、吉原の遊廓は夕餉を供しないのが慣習であった。遊女たちはそれぞれの男にねだって、食べものを奢ってもらい、客のつかなかった妓には、白飯と塩だけしか与えられない。

遊女でさえそうなのだ。忘八たちに出される夕餉は冷や飯と、客たちの残りものだけであった。

乾ききったおかずを平等に分けながら、忘八たちは黙々と食事を済ませた。

「このままじゃ、殺されてしまいますぜ」

もっとも若い忘八が、つぶやいた。

「忘八は自業自得でやさ。みんなたたけばほこりの出る身体でやすから。あっしも国で人を殺めて吉原に逃げこんだくち。のたれ死にしようと誰も悲しんじゃくれやせんし、思い残すこともござんせん」

無縁の地吉原の住人は、人別からも抜かれる代わりに、世俗の罪で捕らえられることはなかった。

「ですが、妓たちは違いやす。みな親のため、家のため、金のために売られてきた者ばかり。誰一人望んでここに堕ちてきたわけじゃござんせん」

「弥八、その理屈はここじゃとおらねえことぐらいわかっているだろうが。吉原は年季奉公。出ていくことができるのは、借財をきれいにするか、身請けされるか、あるいは死ぬか。年が明けるまではたとえどのような事情があろうとも、帰ることはできないさだめ。それを知ったうえで、妓は売られてきたのだ。文句は聞こえねえ」

頭が建前で弥八を諭した。

「ですが……」

「だが、女将さんのやり方はあんまりだな」

さらになにか言おうとする弥八を頭が抑えた。

「頭、まえの主はどうなったんで」

弥八が問うた。

「金に汚ねえ人でやしたが、こんなに非道じゃなかった」

思い出すように弥八が言った。

「見世をまるごと大津屋に売って、吉原を出ていったぜ」

吐きすてるように頭が告げた。

「楼主といえども吉原の住人は無縁。世間に戻ることはできねえんじゃ」

ばかなと弥八が首をかしげた。

「金さえあれば、身分でも買えるぜ」

応えたのは、ずっと無言で聞いていた初老の忘八だった。

「金に困ってる奴の人別を買えばいい。どこか遠い国から江戸へ出てきている野郎の人別なら、親戚も親しい奴もいねえからな。入れ替わったところでわかりゃあしねえ」

「滝の叔父貴、人別を買う……そんなことが」

聞かされた弥八が絶句した。

「簡単なことだ。浅草あたりの地回りに頼んでおけばいいのよ。博打で首の回らない奴を捜してくれってな。歳さえ近けりゃあ、あとは名前と親兄弟、国と菩提寺のことを聞きだしてしまえばすむ。入れ替わるなんぞ造作もねえ」

滝と呼ばれた忘八が、説明した。

「人別を売ってしまえば、無宿になるんでやすぜ。いわば、おいらたち忘八同然。仕事もできなきゃ、家も借りれやせん。生きていくことも難しい」

「ああ。だが、博打の金は待ったなし。払えなきゃ、首と引き替えが決まりよ。命には替えられめえ」

「人別を買えるのは、わかりやしたが、あとで売ったやろうからなんか言ってきたりはしやせんか。もし人別の売り買いがばれれば、奉行所が黙っちゃあいやせん」

弥八が、問うた。

「ふん。博打で負けるような奴は、頭に血がのぼってる。人別を売った金で借金をきれいにするような奴でなければ最初から、博打にはまりゃあしねえよ」

「また借金漬けになると。それこそやけになって、脅しをかけてきたりしやせんか」

「弥八よ。人別を買う金は、目の玉が飛び出るほど高い。それだけするには理由がある。もちろん間に立った浅草の地回りへの謝礼と口止めと……」

滝が言葉をきった。

「……後始末代も含まれているからよ」

暗い笑いを滝が浮かべた。

「死人は文句をたれねえからな」

「そういうからくりでやすか」

冷たい声で弥八が首肯した。

「人ひとりを完全に消してみせるんだ。なまじの金じゃ請けおわねえさ」

飯を食い終えた頭が、箸を置いた。

「死人を生き返らせるのと同じで、おいらたちには関係ねえ話だ。おい、そろそろ吟太と交代してやれ」

頭が弥八に命じた。

「へい」

すなおに頭をさげて弥八が二階への階段を上がっていった。

背中を見送った滝が、頭を見た。

「頭」

「ああ。みょうな考えを起こしたようだな」

「脳天へ上がった血が降りるまで、仕置き部屋に入れておきやすかい」

滝が訊いた。

「放っておけ。なにをしでかそうとも、これ以上堕ちていくところはねえ。それに、もう看板に傷つくような見世じゃなくなっちまったしな」

客の残した燗冷まし（かんざ）の酒をぐっとあおって、頭は板の間に横になった。

「板の間は慣れねえなあ。逃がすことなんぞねえのに」

腕をまくらにしながら、頭がつぶやいた。大津屋しまになってから忘八たちの寝床は、客の出入りの見張れる一階板の間に替えられていた。

「へい。吉原のしきたりは端にさえあてはめられやす。客は馴染みでない遊女と寝ることは許されない。吉原のなかだけとはいえ、客と遊女は夫婦。そして見世は仲人で。そこらの岡場所じゃあるまいし、乗り逃げするようなやつはまずでやせんがねえ」

階段の降り口近くに寝転がりながら、滝が同意した。

「客を信用できねえ。名の知れた大店の女主だと言うが、ろくな連中を相手にしていないんだろ。お里が知れるぜ」

言い終わったとたん、頭はもう小さないびきをかいていた。

米屋にしても魚屋にしても、代金は掛け売りが常識である。吉原も同じであった。さすがに線香一本いくらの端女郎につけ払いはきかなかったが、太夫や格子女郎など、馴染み客としか寝ない妓は別だった。すべての代金は揚屋が立て替え、節季ごとに集金の若い衆が出向き、金を受けとってくるのである。

「一太、頼んだよ」

「へい。行くぜ、生介」

京町の揚屋信濃屋から掛け取りを命じられた若い衆が吉原を出た。

「兄い、何軒でやす」

生介が問うた。

「今日は五軒だな。なかなかに上客さまばかりだ。粗相のないように頼むぞ」

「へい」

見世の看板を記した半纏（はんてん）を身につけた二人は、どこから見ても吉原の男衆とわかった。すれ違う女のなかには露骨に眼をそらす者もいた。

「まずは、札差（ふださし）の房総屋（ぼうそう）さんだ」

そう言いながら一太は房総屋の前を行きすぎ、路地へ入った。人としてあつかわれぬ忘八よりはましだが、揚屋の男も玄関から出入りすることはもちろん、勝手口を潜（くぐ）ることさえ許されなかった。

「ごめんくださいませ。吉原の信濃屋でございますが」

木戸の外から一太が控えめな声をかけた。

「そこで待っておいで」

女中の返事がして、小半刻（約三十分）ほどして、初老の番頭が出てきた。

「いつもごひいきにあずかり、ありがとう存じまする。お代金をちょうだいに参りました」

ていねいに一太が頭をさげた。

「委細書きを見せなさい」

横柄に番頭が手を出した。一太が請求書を渡した。

「ずいぶん高いじゃないか」

　番頭がきびしい声で言った。

「ご存じのとおり、今年の夏の照り返しで稲のできが悪いとかで、米の値段があがりましたので、ご飲食いただだいたぶんが値上がっておりまして。女どもの揚げ代はかわっておりやせん」

　一太が説明した。

「それにしても、春の節季より高いじゃないか。暑いからと旦那さまは、あまり足を向けられなかったはずだが」

　疑わしい目で、番頭が一太を見た。

「房総屋さまは、たしかにお出でが少のうございましたが、若旦那さまが足繁く、三浦屋の竜田太夫にお通いくださいまして」

「若旦那がか。ちとご意見申しあげねばならぬな。承知した。金七十八両と二分三朱。あらためなさい」

　番頭が一太の手に金をのせた。

「たしかにちょうだいつかまつりましてございまする」

深々と一太が頭をさげた。

「いいかい、あんまり若旦那をたぶらかすんじゃない。つぎもこのようなら、揚屋を替えるからね」

捨て台詞を残して番頭がなかに入り、一太の目の前で潜り戸が音をたてて閉められた。

「てやんでえ。おめんとこの馬鹿が、竜田太夫に骨抜きにされたんじゃねえか。揚屋に文句を言う前に、若旦那の股ぐらに説教かましやがれ」

小さな声で生介が悪態をついた。

「よせ。その股ぐらのおかげで、おいらたちは生きているんだ。拝んでもばちはあたらねえぞ」

一太が、生介をたしなめた。

こうして五軒の掛け取りをすませた二人の懐には、二百両近い金が集まった。

「思ったよりときを喰ったな」

最後の客は、霊巌島に中屋敷を持つ外様大名の留守居役であった。昨今の武家は金がない。なんやかんやと難癖をつけては少しでも払いを少なくしようとする。

それを認めては使いの意味がないので、揚屋の若い衆も一歩も引かない。もっとも払わなければ、評定所に訴えが出ることになり、大名家の名前に傷がつく。結局は言い値どおりに支払ったが、無駄な手間をかけさせられた。

「この分じゃ、吉原に戻るころには日暮れちまいますぜ」

生介が、西に傾いている日に目をやった。

「太夫道中が始まってるな。まずいな。迷惑がかかる。急ぐぞ」

一太も日の高さを確認した。

「へい」

二人は足を早めた。

揚屋がもっとも忙しくなるのは、太夫道中が終わったころからである。太夫道中とは吉原を代表する遊女たちが、その艶（あで）やかさを競う顔見世であった。

大門を入ってすぐの会所前から、京町の揚屋までわずか二町（約二二〇メートル）ほどを、一歩進んでは見栄をきり、一歩歩いては所作をして半刻（約一時間）近いときをかけて行くのだ。

江戸一の美女を一目見たいと多くの男たちが集まり、吉原が一気ににぎわうときでもあった。

揚屋の若い衆は、道中してくる太夫を出迎えるのが仕事である。しかしそれで終わるわけではない。なによりも美しい遊女を見てその気になった客たちが、押しよせてくるのをさばかなければならないのだ。

小走りに江戸の町をわたり、一太と生介が日本堤へと入ったとき、すでに日はかげっていた。

日本堤は、道の両脇に柳が植えられていた。

「来やがったぜ」

もっとも大きな柳の前で、男が一人日本堤を見張っていた。

「懐は重そうだ。三浦屋、西田屋、どちらの客も引き受ける信濃屋だ。金払いのいい客を抱えてるに違いねえ。百、いや二百はかたいぜ。それだけあれば、新しい人別を買うことができる。死んでも戒名さえもらえない忘八じゃなくなるんだ」

男はおうぎ屋の忘八弥八であった。弥八はこっそり見世を抜けだし、お仕着せの看板半纏を脱ぎ捨てて、信濃屋の掛け取りを待ち伏せしていた。

すでに太夫道中は終わっていた。泊まりで遊びに来る客も多くが吉原に入る刻限を過ぎ、日本堤の人通りは極端に少なくなっていた。

弥八が帯に隠していた匕首(あいくち)を抜いた。

「待ちやがれ。懐の金を置いていけ」

信濃屋の掛け取りが、三間(けん)（約五・四メートル）まで近づいたところで、弥八が飛びだした。

「兄い」

すぐに生介が前に出た。金を持っている一太があわせるように三歩下がった。

「めずらしいな。追いはぎか」

一太が、驚いた。

「よしな。今ならなかったことにしてやるぜ」

懐に手を入れた生介が言った。

「だまって金を出せ。死にたいのか」

匕首を弥八がひらめかせた。

「兄い、こいつの面(つら)見覚えがありやすぜ」

生介が叫んだ。

「そうだ、まちがいねえ。おうぎ屋の忘八でさ」

「くっ」

正体を見抜かれた弥八が表情をまげた。

「忘八だと。この野郎、吉原にいながら、揚屋の掛け取りを狙うとは太え野郎だ。生介、忘八と知れたなら遠慮することはねえ。後の始末は土手の投げこみ寺がやってくれる。遠慮なく行きな」

一太があおった。

「うるせえ」

遊女屋で暴れる客を取り押さえるのも忘八の仕事である。

弥八が振った匕首は、すばやく生介の腹へと伸びた。

「ふざけるんじゃねえ」

生介が、鞘ごと取りだした匕首で、叩いた。

「ちいい」

匕首を何とか落とさずにすんだ弥八が、生介の横をすり抜けて一太へと向かった。

「よこせえ、金」

弥八が一太へ手を伸ばした。

「舐めるんじゃねえ。忘八だけが吉原の武じゃねえ」

一太は、懐手のまま、身体を開いてかわした。勢いに任せてとおりすぎようとした弥八へ足をかけた。

「うわっ」

大きくたたらを踏んで、弥八は転ぶのをこらえたが、体勢の崩れを一太は見逃さなかった。

「この野郎があ」

弥八の背中を一太が蹴った。

蛙のようにぶざまな格好で、弥八が地べたに突っこんだ。

「動くねえ」

背骨のまんなかを生介がすばやく踏んだ。

「みょうなまねしやがるとへし折るぜえ。そうなりゃあ、一生腰から下は動かねえ。金があっても、なにもできなくなるぜ」

「…………」

弥八が大人しくなった。

「兄いどうしやす」

「このままやっちまってもいいが、こんなのを使っていたおうぎ屋に尻をふかせなきゃなるめえ。主が代わってから、あんまりいい評判は聞かねえ。揚屋をつうじず客を座敷へあげているという噂もあるでなあ」

「じゃあ、逃げられねえように、足の筋でも切りやすか」

「そうするか」

生介の提案に一太がうなずいた。

「か、勘弁してくれ。同じ吉原の住人じゃねえか。生涯恩にきる」

弥八が泣き声を出した。

「生きる死人、それが忘八のはず。吉原遊女のためだけにあるのが忘八。死人が金を欲しがることはねえ。つまり、てめえは忘八じゃなくなっちまったってことだ。ただの盗賊に身内呼ばわりされるゆえんはねえな」

一太が、首で合図した。

「へい。じっとしてねえと足じゃなくて背骨を折っちまうぜ」

生介が匕首を逆手に持って屈みこんだところへ、声がかかった。

「ちょいとお待ちを」

すたすたと恐れげもなく女が近づいてきた。

「その半纏は……京町の信濃屋さんだね」

「誰でえ、おめえは。こいつは盗賊で、逃げられねえようにするだけ、じゃましねえでくれ」

振り返った生介が咎めた。

「おうぎ屋の女将、大津屋しまだよ。そいつはうちの忘八。なにがあったか知らないが、うちの忘八に手出しは止めておくれ」

出てきたのは、大津屋しまであった。

「ほう、こりゃあお初にお目にかかりやす。信濃屋の若い衆頭を務めさせていただいておりやす一太で。こいつは生介、どうぞお見知りおきを」

「はい。確かに名前を聞いたよ。さあ、そいつを放しておくれ」

いらついた顔で大津屋しまが言った。

「そいつは聞こえやせんよ、おうぎ屋の。こいつは、掛け取り帰りのおいらたちを襲ったんでさ。それともなんでやすかい、おうぎ屋さんじゃあ、強盗のまねごとを忘八にさせておられるんで」

「金は取られていないんだろ」

「このていどの野郎に奪われるほど、子供じゃござんせんよ」

「だったら、いいじゃないか」

「これだから外から来られたお方は困るんで。大門内には内の決まりがござんす」

一太が、鼻先で笑った。

「これでどうだい」

大津屋しまが紙入れから四両取りだした。

「一人二両だそうじゃないか。それでなかったことにしておくれ」

「二両……」

生介が唾を飲んだ。

一両あれば一家四人が一カ月余裕で生活できた。

「兄い」

忘八と違い揚屋の若い衆にはまだ人別があった。金がないために、吉原へ逃げてきただけでしかない。

「ちょっと安すぎやしやせんか。あっしたちが、見世にもどって話をすれば、明日からおうぎ屋さんの座敷を受ける揚屋はなくなりやす。そうなりゃあおまんまの食いあげ。もうちょっと色をつけていただかないと」

物欲しげな生介を目で叱って、一太が交渉した。

「わかったよ。この大津屋しま、金離れはいいのさ。じゃあ、二人で八両でどうだい」

倍額を提示した大津屋しまに、一太が笑った。

「けっこうで。ただし、二度とこんなことのねえようにお願(ねげ)えしやすよ」

手を出しながら一太が念を押した。

「わかってるよ。はい」

紙入れから金を取り出して、大津屋しまが渡した。

「命冥加(みょうが)したなあ。よく女将にお礼をいいな」

一度背中を蹴りつけてから、生介が足をのけた。

「女将さん」

二人が去っていくのを待って、起きあがった弥八が頭をさげた。

「ありがとうございました」

「おまえ馬鹿かえ」

大津屋しまが冷たい声を出した。

「人別が欲しいなら欲しいと、わたしになぜ相談しない」

「えっ。じゃあ、金を出してくださるんで」

弥八が思わず身を乗り出した。

「ちょっとした仕事だけしてくれれば、金を用意してやろうじゃないか」

歩きながら大津屋しまが、弥八に話しかけた。

「仕事でやすか」

「ああ。強盗するよりはるかに簡単なことだよ。忘八なら誰にでもできることさ」

大津屋しまが足を止めた。

「西田屋の出す酒に、この薬を混ぜてくれればいい」

帯の隙間(すきま)から赤い小さな紙包みを、大津屋しまが取りだした。

「これは……」

受けとった弥八が息をのんだ。

「忘八同士は、酒や煙草の買い置きがきれたとき、融通しあうと言うじゃないか。そのときに紛れて、こいつを入れて……」

「……毒でやすか」

喉を弥八が鳴らした。

「おそろしいことを言うんじゃないよ。わたしは人の親だよ。それが、人殺しなんかしたら、子供が世間さまに後ろ指さされるじゃないか。飲んだらちょっとお腹が痛くなるだけさ」

大津屋しまが首を振った。

「なんでそんなことを」

「いくら無縁の地とはいえ、吉原もお奉行所の支配にある。なにごともなければ、お奉行さまも手だしできないけど、隠しきれないほどのことが起これば、御上も動ける。西田屋で遊んだ客が、何人も腹を下してごらんな、お奉行所が入ることになるだろ」

大門内のことは吉原でが決まりであったが、これは表沙汰にならなかったときだけなのだ。南北の奉行所にかなりの金をまいてあるが、騒ぎになれば見すごすことはできなくなる。大津屋しまはそれを狙っていた。

「奉行所の手が入るような見世に上客は来なくなる。客が来なければ、見世はやっていけなくなる。吉原惣名主といばったところで、喰えなきゃどうしようもないだろ。そこを狙って買い取ってやるのさ。神君家康さまのお墨付きこみでね。そうなれば、吉原はわたしの思いどおり」

下卑た笑いを大津屋しまが浮かべた。

「か、金はいつ」

受けとった薬を袂にしまいながら、弥八が訊いた。

「西田屋甚右衛門に奉行所の手が入った夜。百両出してあげるから、こっそり大門を抜けて逃げていきな。わかってると思うけど、二度となにがあってもわたしのところに顔を出しちゃいけないよ。そのときは、わかっているね」

黒い声で大津屋しまが告げた。

「……へい」

弥八が首肯した。

四

吉原に女の客が来ることはまずなかった。

「おい」

客の出入りを監視している会所の忘八が仲間をつついた。

「あれ、女じゃねえか」

どうどうと大門を潜って仲之町通りを進んでいく三人の若侍を忘八が指さした。

「たしかに。ありゃあ女だ」

言われた忘八もうなずいた。

男装するとき女武者は乳房にきつく晒しを巻いて、目立たないようにするが、腰回りは隠しようがない。そのうえ、腰骨の形が男と違うので歩き方でわかるのだ。

そのへんの男ならごまかしきれても、女の城吉原の番人、忘八の目はごまかせなかった。

「ト一ハ一じゃねえだろうな。そんなのを妓の相手にあげちゃあ、見世の名折れだぞ」

忘八の言うト一ハ一とは、女でありながら女を抱きたがる者のことだ。男の一物代わりの棒を腰にぶら下げたときの姿がトの形に、受けいれる女が股を開いた形がハの字に似ていることから、そう俗称されていた。

「あとをつけるぜ」

最初に気づいた忘八が、小走りに追いかけた。

「これが吉原」

入ってきたのは三人の別式女であった。

「あれ、あのように格子の隙間から煙管を出して、誰ともわからぬ男に吸わせておりますぞ」

頬をゆがめたのは、別式女でもっとも若い大和であった。

「それにこの耳を塞ぎたくなるような三味線の音」

音曲を聞きたくないとばかりに、美濃が頭を振った。

「女は媚びを売り、男が物欲しげに見る。堕落の極みではないか。このようなところに住まいしておるような者、我らが刀の錆とするのも汚らわしいわ」

相模が吐きすてた。

堀田備中守から織江緋之介を討つようにと命じられた三人の別式女は、敵を知るために吉原へと足を踏みいれたのであった。

「相模どの、このようなところにひとときもおれませぬ。戻りましょう」

大和が足を止めた。

「そうよな。織江とはどのような男か顔を見ておきたかったのだが、まあよかろう。堀田さまよりくわしい人相書きをいただいておる。あの大門とやらを見張っておれば知れよう」

同意して相模もきびすを返した。

三人が大門の外へと出ていくまで会所の忘八は後をつけた。

「織江の旦那がかかわりか」

忘八は、緋之介の名前にひかれて、つい大門外までつけていった。

大門を出れば、両側に編み笠茶屋が並ぶ五十間道である。忘八は編み笠茶屋の地に擦るほど長い暖簾を隠れ蓑にしながら、三人を見張った。

「相模どの」

「うむ。吉原へ入ったときからついてきておったの」

大和から言われずとも、相模も気づいていた。

「織江とか申す男の手の者かも知れぬ」

「捕らえまするか」

美濃が訊いた。

「そうじゃな。織江のことを調べるによいな」

相模が首肯した。

「では、茶屋がなくなったところで」

美濃がささやいた。

将軍家お成りのとき、日本堤から直接吉原の大門が見えないように五十間道は大きく曲がっており、並んでいる編み笠茶屋もとぎれた。

最後の一軒の死角に入ったとき、美濃がすっと左に跳んで、編み笠茶屋の陰に隠れた。

三人の姿が見えなくなってから、間をはかって角へ近づいた忘八は、背後から脳天を撃たれて気を失った。

気を失った忘八を軽々と美濃が担いで、編み笠茶屋の裏手へと運んだ。

「えい」

活を入れられて意識を取り戻した忘八は、己が後ろ手に縛め（いまし）られていることに気づいた。

「吉原の者」

相模が忘八に声をかけた。

「吉原会所の番人でござんすが、どちらさまで」

落ち着いた口調で忘八が応えた。

「我らのことはどうでもいい。織江と申す浪人者を存じておるな」

取り調べになれていない別式女だけに、真っ正直に問うてきた。

「毎日何百というお方が、吉原にはお見えになりますので、お名前をおっしゃられてもわかりかねやす」

忘八が首を振った。

「知らぬとは言わさぬ。調べはついているのだ。西田屋とかいう見世に寓居しておる浪人者じゃ」

「はて、知らないものはお答えのしようがございやせん」

「あくまでも言わぬか。ならば、責めることになるぞ。大和」

相模に命じられて、大和が忘八のくくられた手首の間に鞘ごと抜いた太刀をねじりこんだ。

「言え」

つよく太刀をこじた。

「なにをなさいやす」

忘八はまったく動じなかった。

「生意気な。後悔するぞ。大和」

「はっ」

言われた大和が太刀を深く差しこみ、思い切り圧をかけた。鈍い音がして、忘八の左腕が折れた。

「どうじゃ。申す気になったか」

「さあてねえ」

苦痛の色も見せず、忘八がとぼけた。

「もう一本の腕も折るぞ」

相模の脅しに、忘八が声をあげて笑った。

「なにがおかしい」

「あんまかと思ったぜ。このていどのことで忘八が口を割ると思っているなら、ものごとを知らないのにもほどがあらあ」

忘八の口調が変わった。

「なにっ」

「こうあっさりと折ったんじゃ、痛いと思う間もねえぞ。吉原の責め問いは、指先から身体中の骨をじわじわと潰していく。どんな剛の者でも片腕全部耐えられた者はいねえ。それに比べれば、屁のようなものだ」

うそぶく忘八を大和がじっくりと観察した。

「汗も浮かべておりませぬぞ。とても口を割りそうにございませぬ」

「そうか。無駄か」

忘八の顔色を確認して、相模があきらめた。

「わかったら、さっさとほどきやがれ。もちろん、このまますます気はねえだろうな」

　忘八が怒鳴った。

「…………」

　無言で三人の別式女が顔を見合わせた。

「わたくしに」

　若い大和が名のりをあげた。

「よかろう。一度試しておけ」

　相模がうなずいた。大和が忘八の背後に回って、太刀を抜いた。

「問答無用か」

　ふくれあがる殺気に忘八が頬をゆがめた。

「もう一度訊く。織江とはどのような男だ」

　低い声で相模が問うた。

「ふん。無縁の地吉原の住人は、なにがあっても仲間を売るようなまねはしねえ。俗世の連中は、簡単に人を裏切るがな」

　忘八が皮肉げに頬をゆがめた。

「そうか、大和」

相模が合図した。

濡れ手ぬぐいをぶつけるような音がして、忘八の首から血が飛んだ。

「浅いな」

まばたきもせずに見ていた相模が、大和の一撃に不満を述べた。

「……すみませぬ」

未熟を恥じている大和の顔色は蒼白であった。

盛大に血を出してはいたが、首の急所ははずれていた。

「へ、へたくそが。男の格好をしても、腕は……」

前のめりに倒れたまま、忘八が悪態をついた。

「一撃で殺してやるのが慈悲ぞ。見ておれ」

相模が大和を下がらせた。

いつものように水戸家中屋敷めざして五十間道を歩いていた緋之介は、見返り柳の手前で忘八が斬られた音に気づいた。

なんどもなんども耳にした独特の響きは、緋之介の脳裏にこびりつき消えてはくれない。聞き慣れた音に緋之介の身体が反応した。

緋之介は太刀を抜いて音のした方向へと走った。

「なにをした」

血の海でうめいている男を見て、緋之介は叫んだ。吉原会所と紺地に白抜きの半纏で、すぐに忘八と知れた。

「三浦屋の者か」

緋之介が問うた。吉原会所は三浦屋四郎右衛門が担っていた。

「お、織江の旦那。こいつ……」

忘八がそこまで言ったとき、相模が太刀で突いた。

「くはっ」

後ろから喉を貫かれて、忘八が息絶えた。

「きさまが、織江緋之介か」

美濃がすぐに反応した。太刀を抜くと緋之介へ突きつけた。

「いかにも」

応えながら、緋之介は痛い思いをしていた。すでに動かなくなっている忘八は、緋之介のかかわりで殺されたとわかったからだ。

「拙者を狙う理由は」

緋之介は足場を固めながら、問うた。

「わけは知らぬ。だが、きさまがいてはよくないのだ」

太刀を引き抜きながら、相模が間合いを詰めてきた。大きく回りこんで、大和が緋之介の退路を断った。

「事情も知らずに、忘八を殺したのか」

膝を少したわめて、緋之介がさらに尋ねた。

「吉原の者など、人の数に入らぬ」

相模が吐きすてた。強がりながらも、相模の瞳が揺れていることに緋之介は気づいた。

「人を斬ったのは初めてか」

緋之介が言った。とたんに背後で大きな気の揺れがあった。

「見ればそこそこの修行を積んでいるようだが、あだになったな。命を奪うことなく生涯を終える。それこそ人として幸せなことであるに。おぬしたちに、もう平穏な夜は訪れぬ。死ぬまで闇を怖れて、生きていくがいい」

数多くの人を斬った緋之介には、その辛さが嫌というほどわかっていた。

「うるさい」

三間（約五・四メートル）に迫っていた美濃が、跳びこんできた。唯一、人を斬っていない美濃に躊躇はなかったが、緋之介の眼から見て隙がありすぎた。

左から斬りかかってきた美濃の一刀を、斜め前へ踏みだすことでかわし、そのまま身体を回して緋之介が太刀を水平に振った。

「ぎゃあ」

緋之介の一撃は、美濃の貝殻骨を斜めに斬り割った。

「ああああああ」

骨を断たれた痛みに、美濃が転がりまわった。

「美濃」

「ひくっ」

相模が、同輩を気づかい、大和が恐怖で息をのんだ。

「真剣を向けたかぎり、女であろうとも遠慮はせぬ。なれど、本意ではない。逃げるなら追わぬ」

言いながら、緋之介が血塗られた太刀を大和へと模し、殺気を浴びせた。

「……ひいいいい」

五間（約九メートル）近い間合いがあったにもかかわらず、大和の膝が震えた。

「行け」

緋之介に怒鳴られて、大和が刀を放りだして背中を向けた。

「ま、待て。家を潰すつもりか」

あわてて相模が止めた。しかし、大和の耳には入らなかった。

「おのれ」

味方を失った相模の顔色がなくなった。

相模の眼が、死んだ忘八とうめき続ける美濃の間をなんども行き来した。

「剣で人の命を奪う。その意味を考えよ。己の思いなく、ただ命じられただけで是非を考えずに太刀を振るう。侍の業の深さを知れ」

三間の間合いを緋之介は、二歩で二間（約三・六メートル）に縮めた。

「な、なに」

無理のない緋之介の足運びに、相模が驚いた。

「吉原ごときに巣くう浪人ではない。その動き、きさま、何者ぞ」

相模がようやくことの裏に気づいた。

「それも知らなかったか。情けないにもほどがある。敵を知ることから始まるのが仕合。とくに刺客を命じられた者は、徹底して狙う相手を調べるのも任。それさえ怠る者に名のる謂われはない」

冷たく緋之介がつきはなした。

「おのれ、おのれ。女だてらにと馬鹿にされながら、剣を学んだは、ひとえに実家が貧しかったからじゃ。一人でも食い扶持を減らすために、女を捨て二十年の辛苦の末ようやく手にした機。きさまなどにじゃまされてたまるか」

相模が青眼の構えを変えた。ゆっくりと太刀を上段に上げていったが、一刀流のものとは大きく違っていた。柄が上がるごとに刃先が寝ていくのだ。相模が構え終わったとき、太刀は地と平行になっていた。

「…………」

緋之介は、動じなかった。応じるように緋之介も太刀を上段へ移行した。

「りゃあ」

相模が撃って出た。緋之介の構えが完成する前に先手をとった。頭から突っこむように相模が前に踏みだした。

張り出しぎみの肘が、さらに突きだすようになり、太刀がそのまま滑り出した。

まったく切っ先が上へあがらず、まるで蝶番のような動きの一刀が緋之介を襲った。円ではなく直線の一撃は、小さな軌道から思いのほか早い一撃であったが、緋之介は一寸（約三センチメートル）見切った。

「くっ」

かわされたと知って、へその位置で太刀を止めたのはみごとな修練であったが、構えを戻す暇はなかった。

緋之介の上段が完成していた。

すでに間合いは半間（約九〇センチメートル）になっていた。

「えっ」

小野派一刀流威の位、敵を射竦め動けなくする必殺の一撃に相模は捕らえられた。

「う、動けぬ」

必死であらがおうとしても、気をのまれた身体は震えるだけであった。

「ぬん」

緋之介は、渾身(こんしん)の力で振った。

「ぎゃっ」

苦鳴をあげて相模が崩れた。緋之介は、間合いのなさを利用して、柄で相模の右肩を砕いたのだった。

「もう箸も持てまい。一人の命を奪った重さ、毎日思いだすがいい」

二度と女は斬らぬと誓った緋之介は、相模と美濃の命は奪わなかったが、代わりに人生のすべてを費やして修行した剣を取りあげた。前回陰流田島主馬のときと違い、理解したうえのことであった。

肩を押さえて脂汗を流している相模に氷のような言葉を投げて、緋之介は編み笠茶屋へと向かった。殺された忘八を吉原へと連れて帰ってやらなければならなかった。

「あれは、小野派一刀流、一の太刀」

痛みにかすれる意識のなかで、相模は挑んではいけない相手へ戦いをしかけたことに気づいた。

第二章　血の因縁

一

吉原大門前で漆黒の駕籠が止まった。

「ずいぶんと久しぶりじゃ」

窮屈そうになかから出てきた老年の武士が、なつかしむように周囲を見まわした。

「大殿、よろしいので」

供してきた侍が問うた。

「馬で乗りつけなかっただけ遠慮したのじゃ。父家康公がお認めになられた唯一の御免色里じゃ、息子が通うになんのはばかりがあるものか。豊後といえども咎めだてることはできまい」

家臣の危惧を一蹴したのは、徳川御三家の一つ紀州五十五万石の主で神君と崇められている徳川家康の十男、徳川権大納言頼宣であった。

慶長七年（一六〇二）生まれの頼宣は、この寛文二年（一六六二）で六十一歳になる。大坂城に拠る豊臣家を滅ぼした二度の合戦に出陣、戦国大名最後の生き残りといった風格を持つ大名は、幕府にとって誰よりも忌避される存在であった。

将軍家に人なきとき、代わってその座を襲うべし。家康が御三家の創設にさいし残した言葉である。この一言が、本来支えあう同族を相剋の渦に投げこんだ。

将軍に仕える者たちからみれば、御三家は絶えずその地位をおびやかす敵となった。武力で脅しつけることのできない相手、それはどの外様大名よりも強大なのだ。

主が代われば、側近が入れ替わるのも決まり事である。老中、若年寄でございと肩で風切って江戸城を闊歩していても、将軍が御三家の血筋へ流れたとたん、与えられた特権すべてを奪われ、僻地へ転じられることになる。

幕閣は、島津、前田を警戒する以上に尾張、紀伊へと目を光らせていた。

晩年の家康にもっとも寵愛された頼宣は、なかでも別格であった。徳川にとって悲願の土地であった駿河、遠江と要害駿河城を受けつぎ、家康の眼鏡にかなった家臣を付けられた頼宣は、将軍を譲られた兄秀忠にとって最大の脅威であった。

家康の死後、秀忠は頼宣から牙を抜くため、東海道枢要の地を取りあげ、紀州の地、より江戸に遠い領地へと弟を追いやった。

二代将軍秀忠の血を引く三代家光に仕えた幕閣たちも監視を忘れなかった。

慶安四年（一六五一）、その家光が死んだとき、幕府を狂喜させる事件が起こった。楠木流軍学者由井正雪の謀反である。

叛乱自体はすでに幕府の察知するところであり、ことは未然に防がれた。だが、ここに由井正雪と頼宣のかかわりが出てきたのだ。

家光の残した幼い家綱を四代将軍としてもりたてていかなければならなかった老中松平伊豆守信綱や阿部豊後守忠秋は、これ幸いと頼宣を責めた。

将軍に刃向かう者は御三家といえども許さない。幕閣をあげて頼宣を追及したが、命のやりとりを目の当たりにしたことのない老中たちでは、戦を知る勇将を締めあげられなかった。

頼宣を罪に落としきれなかった幕閣は、せめてもの嫌がらせをした。頼宣の帰国を停止し、江戸で禁足するようにと命じたのであった。

じつにそれから十一年、頼宣はめったに上屋敷を出ることもなく、表向き恭順のようすを見せてきた。

「城よな」

四方を堀で囲み、出入りは大門だけという新吉原の造りを見て、頼宣がつぶやいた。

駕籠から出た頼宣はちらと背後に目をやると、わざと大声で言いながら、大門を潜(くぐ)った。

「この門から内は常世ならず」

その頼宣の背中を追うように、一人の侍が吉原へと入っていった。

「殿、ついて参りましたぞ」

供侍(ともざむらい)が、頼宣へ小声で報告した。

「ふん、豊後の犬か。好きにさせておけ」

頼宣は鼻で笑った。

江戸禁足を命じられている頼宣には、幕府から徒目付(かちめつけ)が監視役としてつけられていた。大門からまっすぐ延びた大通り仲之町を少し進んで、最初の角を曲がった二軒目、吉原創始の名楼西田屋の暖簾を頼宣は跳ねあげた。

「おいでなさいやし」

すぐに忘八が出迎えた。

忘八とは遊廓の下働きをする男のことだ。凶状持ち、食いあぐねた浪人者などが多く、人別もなかった。世間に顔向けできない過去を持ち、人としてあつかわれることもなく、吉原でしか生きていけない男たちは、人として必要なすべての理を捨て、命さえかえりみることのない剽悍な者であった。

「ああすまぬな。遊びに来たのではないのだ。こちらに織江緋之介と申す浪人者がおると聞いて参ったのだが」

頼宣は、忘八にていねいな口調で問うた。

「織江の旦那に。どうぞ、こちらにおかけになって、しばしお待ちを」

上がり間口の敷物を勧めて、忘八は奥へと引っこんだ。

すぐに主の西田屋甚右衛門が、見世に出てきた。

「織江さまに御用とおっしゃるのは……これは紀州さま」

頼宣に気づいた西田屋甚右衛門が、あわてて土間へと裸足のまま飛び下りた。

「覚えていてくれたか」

「ごぶさたをいたしておりまする」

土間に西田屋甚右衛門が手を突いた。

「よしてくれ。吉原は無縁、世間の身分は通用せぬが決まりではないのか」

平伏された頼宣が手を振った。

「いかにも。お大名といえども、ここでは一人の男とさせていただくが、廓の定め。なれど神君家康さまのお血筋方は、吉原にとって格別」

西田屋甚右衛門は、平伏したまま首を振った。

吉原がただ一つの御免色里として、江戸にあり続けていられるのは、徳川家康のお陰であった。

慶長五年(一六〇〇)、関ヶ原の合戦へと向かう家康を、西田屋の初代庄司甚右衛門が品川で、遊女たちに戦勝前祝いと称した湯茶の接待をさせた。美しい女たちの鼓舞を受け、縁起がいいと喜んだ家康は、天下平定の後、庄司甚右衛門に江戸で遊廓を開くことを許し、さらにすべての遊女の父となることを命じた。

吉原はこうして幕府の後ろ盾を得て、繁栄してきたのだ。家康は吉原の大恩人であった。

「西田屋、水戸の若殿が来るそうじゃの」

頼宣が言った。

「はい。ごひいきをいただいておりまする」

訊かれて西田屋甚右衛門が答えた。

「では、光圀どのもこうして出迎えるのじゃな」

「いえ、それは……」

言われて西田屋甚右衛門が絶句した。

光圀は長く父頼房に認知されず、家臣の子として浅草で育った。吉原にはそのころから通っている。西田屋甚右衛門も光圀を特別にあつかってはいたが、ここまで奉ってはいなかった。

「であろう。ならば、余もそうしてくれ。堅苦しいのは江戸城と屋敷だけで十分じゃ」

苦笑いをしながら、頼宣が命じた。

「お言葉にございますれば、ご無礼は平に」

ようやく西田屋甚右衛門は顔をあげた。

「織江はどこじゃ」

あらためて頼宣が尋ねた。

「どうぞ」

西田屋甚右衛門が先に立って、頼宣を離れへと案内した。

織江緋之介は、日課の素振りを終え、女たちが入る前の湯で汗を流し、離れで遅めの朝餉（あさげ）をすませたところであった。

「織江さま。お客さまで」

母屋（おもや）から続く廊下の端で、西田屋甚右衛門は声をかけた。

どの客の部屋に入るときでも、許しを得ないかぎり、障子に指をかけることはしないのが、遊女屋の主としての心がけであった。

なかで客と遊女がどのような痴態を演じているのかわからないのである。もちろん、緋之介とそういう仲の遊女がいないことは承知していたが、習慣は変えられなかった。

「西田屋どのか。お入りくだされ」

緋之介の応答は即座に返ってきた。

織江緋之介と吉原の出会いは、明暦二年（一六五六）にまでさかのぼる。小野派一刀流宗主小野次郎右衛門忠常の末子として生まれた緋之介は、柳生十兵衛三厳の娘織江と許嫁の仲であった。だが、柳生家の内紛に利用された緋之介は、柳生十兵衛暗殺の疑いをかけられ、許嫁に親の敵と狙われる身となった。

大和柳生の里を逃げだした緋之介は、無縁の地吉原を仮住まいと定めた。しかし、ここも安住の地ではなかった。豊臣秀吉が残し、家康が手にした秘宝を狙う松平伊豆守信綱の陰謀に巻きこまれ、命をかけるはめになった。

明暦の大火と重なった松平伊豆守の襲撃を防いだ緋之介は、焼け落ちた吉原が浅草田圃へ移転するとふたたび流れ着き、吉原惣名主西田屋甚右衛門方に居を定めていた。

「じゃまをする」

入ってきた頼宣を見て、緋之介は首をかしげた。

どこかで見た気はするが、誰だかわからなかったのだ。

「あのときは、鎧に陣羽織であったからの。見忘れてもいたしかたないか」

そう言われて緋之介は、先日の四代将軍家綱安宅丸見学のおりに、光圀の隣にいた顔だとようやく気づいた。

「権大納言さま」

急いで緋之介は席を立ち、部屋の隅へと下がった。

「ふむ」

不満そうに口をゆがめながらも、頼宣は床の間を背にした上座へ腰をおろした。

「あのおりは、見事であった」

最初に頼宣が、緋之介を誉めた。

「そなたの働きなくば、上様の御身に万一があったやも知れぬ。枝葉に連なる者として礼を申すぞ」

頼宣が頭をさげた。

「お止めくだされ」

緋之介は、あわてて頼宣を止めた。

「戦国の世なら万石に匹敵する手柄だがな、今の老中どもはしわいゆえ、おそらくなしのつぶてであろう。かと申して、水戸の若殿が手の者に余が禄をくれてやるのもおかしい。これで許せ。民部」

離れに入ることなく、廊下で控えている供に頼宣が声をかけた。

「はっ」

　するすると民部が腰をかがめたままで緋之介の側に来た。

「お納めを」

　民部が手にしていた袱紗を開いて、緋之介に向かって差しだした。

「これは……」

　目の前に切り餅四つが置かれた緋之介は、目を剝いた。

　庶民なら、一両あれば、二カ月は生きていける。緋之介が生まれてこのかた見たこともない大金であった。

「貰えぬなどと言うなよ」

　先手を頼宣がとった。

「褒美をいただくだけの理由がございませぬ。旗本の家に生まれた者は、すべからく上様の御身を護りぬくが、使命でございまする。そのために先祖代々の禄をちょうだいしておりますれば」

「さすがは、将軍家剣術指南役小野家の血筋よ。天晴れだが、ちと融通がきかなすぎよう。それを言いだせば、先祖に手柄なく、ただ上様のご寵愛というだけで万石を得ている者どもは、切腹して罪をつぐなわねばなるまい。この度の騒動で、上様の御身をかばおうとはしなかった者がずいぶんいたではないか」

遠慮する緋之介を頼宣が諭した。

「褒美として受け取れぬならば、祝いだと思ってくれ」

「祝いでございますか」

怪訝な顔で、緋之介は頼宣に顔を向けた。

「水戸の妹と婚するのであろう。我が姪ぞ」

言われて緋之介は、息をのんだ。

「おぬしも一門となるわけだ。松平の姓を許され、次第によっては、おぬしと水戸の妹の子が、将軍となるやも知れぬ」

「…………」

思いもしていなかったことに、緋之介は声もなかった。

「気づいていなかったのか」

頼宣があきれた。

「武家の婚姻は、己たちのものでないことぐらいは、わかっていよう」

「……はい」

緋之介は首肯した。

「水戸の娘と申したところで、妾腹。そのうえ頼房が認めなかった。まずそのようなことになることはないが、万一を考えておくのも武士の心得であろう」

年長が若年をたしなめるような口調で、頼宣が叱った。

「申しわけございませぬ」

考えの浅さを指摘された緋之介はすなおに説諭を受けた。

「かたじけなく、ちょうだいつかまつりまする」

ていねいに礼を述べて、緋之介は金を納めた。

「紀州さま、これだけの御用でお見えになられたのではございますまい」

黙っていた西田屋甚右衛門が、口を開いた。

聞いた頼宣の瞳がすっとすがめられた。離れに緊張が満ちた。思わず緋之介も腰を浮かせたほどの気迫であった。

「……さすがよな」

すぐに頼宣は表情をもとに戻した。

「西田屋どの」

大きく息をついて、緋之介は取りなした。

「そこまでお暇ではございますまい」

「国に帰れぬ身、ときはいくらでもあるぞ」

笑いながら頼宣が言った。

「じつは、西田屋の言うとおりじゃ」

頼宣が緋之介に顔を向けた。

「織江、いや小野よ。村正(むらまさ)の一件を聞いておろう」

「村正……」

緋之介は思い当たった。水戸家から消えた村正の探索を光圀から命じられたのは、つい先日のことであった。

「また、村正でございますか」

西田屋甚右衛門も息をのんだ。

「おぬしの見世(みせ)でも村正にかかわることがあったそうじゃな」

頼宣は、西田屋の遊女が研ぎ師(とし)と心中したことを知っていた。

無縁の地である吉原は、独自の規律を持っていた。親に、夫に売られた女たちを中心とし、人別をなくした忘八で吉原はなりたっている。いわば世間から見捨てられた者たちが寄り添って生きている場所なのだ。だけに住まいする者同士の繋がりは強く、なかのことはなかで始末をつけ、外へ漏らさないのが決まりであった。

預かっていた村正を奪われた研ぎ師が、なじみの遊女と心中したことも事件となることなく、闇から闇へ隠されたはずであった。

「ご存じでございましたか」

眉一つ動かすことなく、西田屋甚右衛門は流した。

「余もやられたからの」

あっさりと頼宣は、己の屋敷に盗人が侵入したことを認めた。

「尾張もやられた。そして……」

頼宣は緋之介にあとを譲った。

「越前松平家も狙われました」

緋之介が続けた。

「防いだのはそなただな。襲ってきた者を見たか」

真剣な顔で頼宣が質問した。

「黒覆面をしておりましたので、面体まではわかりませぬが……忍でございました」

「忍か」

頼宣が苦笑した。

「我が屋敷にも忍はおる。戦国のおり、信長どのに最後まであらがった根来寺、そこに属していた修験者の流れをくむ根来衆がな。だが、みごとに出し抜かれたわ。戦が終わって五十年をこえ、世代も代わった。しかし、それだけの腕をもった忍がまだ生きている。これがどういうことかわかるか」

弟子を教えるように頼宣が問うた。

「わかりませぬ」

緋之介は首を振った。

「西田屋」

頼宣はあらためて西田屋甚右衛門に振った。

「忍の技は、片手間に覚えられるものではございませぬ。ものごころつく前から修練を始め、それだけに専念できるように周囲を整えてやらねばなりませぬな」

淡々と西田屋甚右衛門が言った。

「そうじゃ。ひそかに修行できるだけの場所、そして食うだけの金。それを用意できる者は……」

ふたたび頼宣が緋之介に眼を投じた。

「……大名のどなたか」

少し躊躇して、緋之介は言った。

「一門の誰かよ」

あっさりと頼宣は緋之介が言いよどんだせりふを口にした。

「大名どもに、御三家へ牙むく気概などないわ。なによりものが村正ぞ。持っていることが知れただけで、謀反を疑われる。たしかに、奪われたと届け出ることのできぬものだがな」

徳川家に仇なすと家康に嫌われた刀だが、村正に罪があるわけではなかった。最初に村正が徳川に傷をつけたのは、家康の祖父松平清康にまでさかのぼる。

松平家を三河を統一し、駿河を窺うほどの大名にしあげた清康は、寝ているところを家臣に殺された。そのあとをついだ広忠もやはり家臣によって襲われ、その場で死にこそしなかったが、その傷がもとで亡くなった。さらに家康の嫡男として将来を嘱望された信康が謀反を疑われて切腹した。そのすべてに村正はかかわっていた。

家康にとってたいせつな一族三人の命を奪った刀が村正だったのだ。

「おうかがいしてよろしいか」

「なんじゃ」

緋之介は頼宣に問うた。

「祟るとまで言われた村正が、なぜ御三家にござるので」

「気になって当然じゃの」

頼宣が笑った。

「水戸と尾張がどうかは知らぬぞ。いや、知っていても話すことはできぬぞ」

「はい」

兄弟といえども、独立した大名なのだ。それぞれに家の事情というのがある。緋之介は頼宣の言いぶんを当然と理解した。

「我が紀州、いや神君家康公が遺領駿河藩にある村正はな……」

頼宣が一度言葉をきった。

「あの村正はな。信康さまの命を奪った刀よ」

「な、なんと」

あまりのことに緋之介は息をのんだ。

「……それは」

さすがの西田屋甚右衛門も驚愕をあらわにした。

家康にとって村正は憎しみの対象なのだ。しかも嫡男の切腹に使われた刀を手元に置くなど考えられないことであった。

「なぜ……」

素朴な緋之介の疑問に頼宣は首を振った。

「知らぬ。ひょっとすれば、信康さまの命がそこに宿っているとお感じだったのではないかと思うがの。だが、父家康はこの村正を手もとから離すことはなかった。死後も棺桶に入れ、ともに埋葬するようにと遺言されていたほどだ」

「はて」

西田屋甚右衛門が首をかしげた。

「言うな。余がこっそり棺から抜いたのよ。代わりに別の刀を置いたぞ。それも備前長船（おさふね）だ。最高の武将にふさわしいものであったぞ」

頼宣が、あわてて言い訳をした。

「どうしてでございまするか」

わけがわからず緋之介は訊いた。

「言わせる気か」

ぐっと頼宣が、緋之介をにらんだ。

「…………」

顔をそらさず、緋之介は待った。

「……うらやましかったのよ」

気まずそうに頼宣が横を向いた。

「うらやましいと仰せられたか」

緋之介は意外だと目を見開いた。

家康の死んだとき、頼宣はその隠居領五十五万石と駿河城、そして優秀な家臣たちを受けついだ。石高こそ尾張初代義直（よしなお）におよばなかったが、その遺（のこ）されたものは、はるかによかった。

表高の倍はあろうという肥沃な領地に、東海道を扼する駿河城、安藤帯刀、水野越前守に代表される家臣は、将軍を譲られた秀忠をして嫉妬させるほどのものだったのだ。

それだけのものを受けついでいながら、頼宣はうらやましいと言ったのだ。

「そうじゃ。余は信康さまがうらやましかった。死後何十年も父の心にあった」

「むうう……」

今度は西田屋甚右衛門が、うなった。

家康は晩年の子、九男義直、十男頼宣、十一男頼房の三人に徳川の名を許し、徳川御三家を創立したが、そこに大きな差があった。

九男と十男にくらべて十一男頼房は一人格下だったのだ。

領地も半分、官位も二段低いなどと明確な区別がつけられた。これは頼房が頼宣と同母の弟であることに起因していた。血筋にまったく違いがなければ、長幼で優劣をつけるしかない。こうして水戸家は御三家で一段低いあつかいとなった。

「うらやまれるとすれば、水戸さまでは」

西田屋甚右衛門が問うた。

「誰にもそう思えよう。すべてのものを余は持っていたように見えたであろうなあ。とくに頼房は、余を妬んだであろう」

懐かしむように頼宣は言った。

「しかしな。与えられることになれた者は、貰えぬとなればより欲しくなるのよ」

そこで頼宣は一度息を吸った。

「家康公の寵愛を一身に受け、その膝の上で育った余は、すべてを己のものにできると思いこんでいた。だが、どうしても貰えぬものが二つあった」

「二つとは」

興味をそそられた緋之介は、おもわず身を乗り出した。

「天下と恨み村正」

頼宣が告げた。

「恨み村正」

緋之介は、その重い響きに愕然とした。

「長兄信康が切腹に使ったものじゃ。徳川の末を担う嫡男の血を吸った恨みの脇差」

「そのような」

「まさか」

　衝撃に二人は、息をのんだ。

「徳川さまにとって、末を頼んだ嫡男さまの命を断った縁起の悪い刀ではございませんか。それを神君ともあろうお方が、肌身にされるなど」

　世俗とは違った価値で動く吉原を支配する惣名主西田屋甚右衛門でさえ、想像を絶する話であった。

「なればこそと思わぬか」

　頼宣が穏やかな口調で言った。

「長く今川の隷下に耐え、ようやくそのくびきから逃れたと思えば、信長の枠に従わざるを得ないという逆境。言われるままに東奔西走する毎日。家臣たちの命が削られていくのを黙って見ていなければならぬ主君のつらさ」

　あとは言わずともわかろうとばかりに頼宣が、西田屋甚右衛門に顔を向けた。

「夢を子供に託すしかございますまい」

「うむ。己の先が見えた男は、子供に期待するしかないでな」

　子供のいない緋之介にしみこませるように、西田屋甚右衛門と頼宣が語った。

「小野よ、若いそなたにはわかるまい。明日もわからぬ戦国の世ぞ。己の事跡を継いでくれる子供が、唯一の希望なのだ。その夢を断たれた男は、どうなると思う」

「消沈するか、深く恨みを残すかでございましょうなあ」

答えたのは西田屋甚右衛門であった。

「うむ。そして父家康は、恨んだのだ」

「どなたを」

「わからぬのか」

あきれた顔で頼宣が嘆息した。

「息子を殺せと命じた織田信長に決まっておろうが」

「それはわかりまする。わたくしが理解できないのは、我が子の命を奪った刀など見たくもないのがふつうでございましょうに、それを棺のなかへ納めよなど……」

西田屋甚右衛門が、首をかしげた。

「申したであろうが。父家康は執念深いとな」

聞き役になっている緋之介に頼宣は三度目をやった。

「生きていくということは、忘れることだ。人は嫌なこと、つらいこと、かなしいことを忘れなければ、生きてはいけないのだ」

「紀州さま、少し違いませぬか」

さみしい顔で西田屋甚右衛門がさえぎった。

「生きていくのに精一杯で、思いだす暇もないのでございますよ。毎日好きでもない男に身を任せる妓は、忘れることさえできませぬ」

「そうであるな。考えをあらためねばならぬか」

素直に頼宣が認めた。

「されど、どちらにせよ、人はつらきことを覆い被せて見えぬようにするものなのだ」

「家康さまは、忘れぬためにわざわざ世継ぎの命を吸った刀を残しておられたと」

「うむ」

緋之介の言葉に頼宣がうなずいた。

「そのころの徳川と織田の差は大きかった。本能寺で信長が討たれなければ、徳川の家はずっと織田に従って生きていかねばならなかったのだ。なればこそ、父家康は息子信康を切腹させられたことをおくびにも出さず、笑いながら信長についていった。人の心はうつろいやすい。そんな毎日を過ごしていれば、いつか恨みも薄れよう。父家康はそれを拒んだのだ」

「子を殺された親というのは、そうでございましょう」

納得したように西田屋甚右衛門が同意した。

「これで得心がいきました。家康さまが、どうしてそこまでこだわられた村正を、墓に入れ、護り刀として使っていた村正を、水戸の頼房さまへお残しになったか」

西田屋甚右衛門が、深くうなずいた。

「わかったか」

満足そうに頼宣が言った。

「はい。同じ兄弟でありながら、兄頼宣さまと明らかな差をつけられた。その恨みを飲みこまねばならぬ頼房さまへ、辛抱せよとの意味。そしてその裏は村正を隠すための囮」

「そうじゃ。おそらく父は弟にこう告げて村正を渡したはずじゃ。いつか使うがいいと」

「徳川は天下を扼したとはいえまだ諸国には、国持ち以上の力をもつ大名がいくつも残っていた。豊臣という目標があればこそ人心を一つにできたが、滅ぼしてしまえば不遇な者たちの恨みは富めるところに向かうが摂理。なればこそ父家康は、我らに多くを与えなかった」

「…………」

「不満そうじゃの」

頼宣が緋之介の表情を読んだ。

「余にせよ、尾張にしても水戸にしても、一国以上を譲られているではないか。そう申したいのであろう」

その通りであった。一族の命をかけてようやく数百石の知行を手にした旗本が大多数であるに対し、天下人の子供というだけで手柄なくして数十万石におよぶ領地を誇っている。緋之介は、それを辛抱だと言い放つことに奇異を感じていた。

「小野よ。今残っているだけでも加賀(かが)が百万石、薩摩(さつま)が七十二万石、仙台(せんだい)が六十二万石ぞ。徳川一族で最大の尾張でさえ六十二万石じゃ。決して多くはないのだぞ。天下を取った者は、どのようにしても誰からも苦情を受けることはないのだ。息子全部に百万石をくれてもよかったのだ」

「それはそうでございましょうが……」

「緋之介さま。家康さまは、それをなさらなかったのでございますよ。それを紀州さまは仰せられたいので」

西田屋甚右衛門が、間に入った。

「とはわかりまするが」

「友悟よ。そなたは、小野の家へと願って生まれてきたのか」

頼宣が訊いた。

「まさか、そのようなことはできませぬ」

緋之介はなにを馬鹿なと首を振った。

「であろう。頼房とて同じじゃ。余の弟として生まれてきたかったわけではあるまい。弟であるというだけで、いわれなき差別を受けることになった。それは恨みにはならぬのか」

「……たしかに」

言われて緋之介は首肯するしかなかった。

「同じ血だけに、恨みはより増す。父家康は、そのことをよく知っていた。なにせ恨みを抱くことは徳川の本質ゆえな」

たんたんと頼宣が徳川の血を呪われていると告げた。

「それゆえ、村正は頼房に遺された。いつかこの恨みを晴らすために使えとな」

「その村正の行方が知れぬのでございますな」

話を西田屋甚右衛門がまとめた。

「そうじゃ。先だって光圀どのにも問うたが、いつのまにかなくなっていたとのことじゃ」

嘆くような頼宣に、緋之介は何も言えなかった。緋之介はその行方を知っていた。信康の命を断ち、終生家康が肌身につけていた村正は、頼房から緋之介の許嫁真弓に譲られていた。

真弓は頼房の妾腹の娘であった。馬術好きで頼房から葦毛姫とあだ名された真弓は、光圀の手の者として屋敷に出入りしている緋之介と共闘し、ついに将来を約する仲となった。

「事情はわかりました。なれど権大納言さま、どうしてその村正にこだわられますのか」

緋之介は、肝心なことを問うた。

「知らずにおけ」

厳しい声で頼宣が拒否した。

「紀州さま。それでは人は動きませぬ」

西田屋甚右衛門がたしなめた。

「わかっておるわ」

不機嫌そうに頼宣が頰(ほお)をゆがめた。

「だがの、知らぬほうがいいことはあるであろう」

「それほどのことが、あの村正には隠されていると……」

「うむ」

頼宣がうなずいた。

「小野の息子よ。そなたも我が一族の端に名を連ねるなら徳川の闇を封じこめることに力をかせ」

「封じるとは」

「世に出ぬようにせねばならぬ。幕府をたて神君と呼ばれた父家康の傷、表に出れば天下の信を失うやも知れぬ。一つまちがえば、天下争乱を招きかねぬ」

「そこまで……」

「政を担う者は、最悪を頭にいれて動かねばならぬ。それが将軍に連なる者の義務じゃ。光圀は、闇をあきらかにしかねぬ。それではいかぬのだ。余に従え」

「……」

頼宣の誘いに、緋之介は答えを返せなかった。

二

緋之介は、頼宣を送った後、吉原を出た。

すべてのかかわりを捨てた無縁の地吉原といえども、一歩大門を出ると世俗に戻る。大門を出て五十間道を日本堤へと向かった緋之介に声がかけられた。

「ちと尋ねたい」

「拙者でござるか」

緋之介の前に立っているのは、頼宣の見張りをしていた徒目付であった。

「紀州公とお会いになっておられたな」

徒目付が訊いた。

「貴殿はどなたか。名のられぬような御仁にお話しすることはござらぬ」

まず、緋之介は無礼を問うた。

「徒目付西村作太である。小野友悟どのだな」

西村が確認した。

「いかにもさようだが」

緋之介は、本名の呼びかけにうなずいた。

徒目付は目付の下役であるが、旗本をとがめる権を持ってはいなかった。いかに小野家の三男で部屋住みとはいえ、将軍家剣術指南役の血筋に手出しはできない。

「あらためておうかがいいたす」

徒目付西村の言葉遣いが変わった。

「紀州徳川権大納言卿さまのご訪問を受けられたか」

「お目にはかかったが」

隠すことなく緋之介は答えた。

「なにをお話しになったか、訊かせていただきたい」

「お断りいたす」

きっぱりと緋之介は拒否した。

「御用でござるぞ」

「と言われるなら、評定所にお呼び出しになられよ。ならば、なに一つ包み隠さず語らせていただこう」

「お目付衆に報せることになりますぞ。となれば、穏便にことを納めることはできませぬ。小野の家に傷がつきましょう」

西村が脅しをかけた。

「もちろん、そのおりは、紀州公も同席なさるのでございましょうな」

緋之介も返した。

「ううむ」

神とあがめられる家康の息子を評定所に呼び出すとなれば、目付どころか大目付でも無理なのだ。老中、それも一人ではなく御用部屋全体の同意が要った。

そこまでして頼宣を引きずり出して、なにもありませんでしたのでお帰りを、はとおらないのだ。それこそ責任を取って、老中の一人ぐらいが辞める騒動になりかねない。もちろん端緒である西村はまちがいなくお役ご免のうえ、改易であった。

「では、ごめん」

緋之介は、すっと前に立ちふさがる西村の左脇を通過した。

侍同士がすれ違うとき、抜き打ちされない左側を通るのが心得であった。身分軽きとはいえ、徒目付は御家人のなかでも聞こえた武芸の達人の集まりである。

背中に眼を感じながら、緋之介は日本堤へと出た。

「わざとではなかろうな」

緋之介は頼宣の行動に不審を覚えた。幕閣ににらまれている頼宣である。出歩けば見張りが付いてくるのは当然であった。

「わたくしに目を向けさせるため……いや、そんなことをして頼宣さまになんの利がある。考えすぎか」

独りごちて緋之介は、突きあたりを右に曲がった。

山谷堀の土を盛りあげて作った日本堤は、東に向かえば大川にぶつかった。

背後につけてくる西村を連れたまま、緋之介は大川沿いに南へ進んだ。両国で西へ入ると水戸家の中屋敷はすぐであった。

「今度は、水戸か。なんなのだあやつは」

中屋敷の門を潜って消えた緋之介に、西村がつぶやいた。

「お報せせねば」

踵(きびす)を返した西村は、阿部豊後守の上屋敷へと駆けていった。


「不意にどうしたのだ」

客座敷で待つ緋之介の前に現れたのは、髪の毛を島田に結(ゆ)い、色打ち掛けを身にまとった真弓であった。

「織江」

「あっ、これは」

呆然(ぼうぜん)としている緋之介に、真弓が不安そうな顔をした。

「おかしいか」

普段、真弓は馬に乗りやすいよう、髪の毛は無造作に束ね、着ているものも小袖(こそで)に革袴(かわばかま)と若侍風であった。それが、格式にふさわしい姫姿になっていた。

初めて見る真弓の格好に緋之介は、とまどっていた。

「いえ、よくおにあいでござる」

あわてて緋之介は真弓を誉めた。

「嫁入りが決まったゆえ、少しは娘らしくせよと中山備前に言われたのでな」

頰を染めながら、真弓が恥じらった。

「ところで、急に参ったのはなぜじゃ」

姿は姫となっても口調は、いつもと同じ真弓に、緋之介はほっとした。

「お持ちの村正を拝見いたしたく」

緋之介は徳川の秘事が記されているという村正を見せてくれと頼んだ。

「かまわぬが、急にどうしたのだ」

真弓が問うた。

「じつは、紀州公がお見えになりまして」

頼宣の来訪を緋之介は話した。

「なるほどな。それで気になったというわけか。たとえ千金の価値があるといったところで、興味を持つことのない織江らしい」

笑いながら、真弓が立ちあがった。

「今持って参るゆえ」

一度客間から出ていった真弓が、すぐに戻ってきた。

「どうぞ」

緋之介の正面に腰をおろした真弓が、村正のこじりを持って、畳のうえをすべらせるように、緋之介へ差しだした。

「…………」

無言で頭をさげた緋之介は、右手で鍔よりもこじりに近いところを摑んだ。

相手の差し料を見せてもらうにはいくつかの決まりがあった。武器を相手に委ねることになるだけに、禁じられていることがいくつかある。なによりも左手で受けとってはいけなかった。

左手で鞘を持てば、いつでも右手で柄を握って抜き撃つことができる。相手への害意の証明にひとしい。

「拝見つかまつりまする」

緋之介は作法どおり、まず拵えからあらためた。

刀の拵えとは、鞘、鍔、こじり、柄糸、目貫、下緒など、刀身以外のもののことだ。

「なにもないぞ。なんどもわたくしが調べたからな」

真剣な緋之介に、真弓が口を出した。

「やはり。では、刀身を」

緋之介は懐から手ぬぐいを出し、口にくわえた。これは刀に息がかかると錆を呼ぶからである。

「ううむ」

一目見て緋之介はうなった。千子村正が鍛えた業物は、その迫力で緋之介を圧倒した。

「引きこまれそうになるであろう」

己と同じ反応をした緋之介へ、真弓が満足そうに言った。

「神々しいまでの冴え」

冷たく光る刀身に緋之介は息をのんだ。

「…………」

舐めるように眼を近づけて見たが、なにも見あたらなかった。

「中子(なかご)を拝見」

真弓の許可を得て、緋之介は目釘(めくぎ)をはずした。

普段柄のなかに隠れている中子ほど、刀剣の素性をしめすものはなかった。

刀身と違い磨きをかけられることのない中子には、刀鍛冶(かじ)の打ち癖がはっきり残る。

また、刀工の名前を刻むのもここであった。

「まさに村正でござる」

銘を確認した緋之介は、中子をとくにていねいに見た。

中子には銘の他に完成した日にちを刻んでいるものもある。真弓から見せられた村正に日にちはなかった。

「なにもござらぬなあ」

中子を柄に戻して、緋之介は嘆息した。

「当たり前じゃ。そう簡単にわかるくらいなら、父頼房がとっくに見つけておるわ」

あきれた顔で真弓が言った。

「そのとおりでござるな」

鞘に戻した村正を真弓のもとへ滑らせるようにして返しながら、緋之介は納得した。

「真弓どの。念を押すまでもないとは存じまするが、保管については十分に御注意のほどをなされよ」

一度真弓の村正は狙われていた。真弓を陰から警固していた緋之介によって奪われずにすんだとはいえ、油断はできなかった。一度の失敗であきらめるほど甘い相手ではないと、緋之介は感じていた。

「承知しておる。なんなら織江が預かってくれてもよいぞ」

真弓が言った。

「吉原ほど安全なところはあるまい」

「たしかに吉原へ賊が入りこむことはできませぬ。誰もが客として見世にあがれはいたしますが、けっして忘八たちの目から逃れられませぬ」

緋之介も吉原の鉄壁さは知っている。

「では、預かってくれるのか」

「いえ。この刀は、頼房さまが光圀さまではなく、真弓どのへと遺されたもの。やはりあなたの手もとに置いておくべきでございましょう」

首を振って緋之介は、預かることを拒んだ。

「そうか。では、隠し場所を思案しておこう」

村正の鞘を真弓がしっかりと抱いた。


真弓のもとを去って緋之介は、いつものように水戸家の屋敷を見張った。

水戸家の者に見られては気を遣わせることになる。緋之介はわざと一度屋敷から離れ、ゆっくりと周囲を警戒しながら戻ってきた。

武家屋敷は、屋敷に面した辻の警備を幕府から命じられていた。

近隣の屋敷と組んで灯籠を立て、夜が明けるまで灯りを保ったり、数万石をこえる大名となると、番人を置いた辻番所を設けたりしていた。

水戸家は辻番所を屋敷の東南角に設けていたが、番人は一晩中なかに籠もったままで出てくることはなかった。

緋之介は、番所から死角となる灯籠の陰で一夜を越した。

東の空が明るくなるまでいて、緋之介は吉原へ帰った。

吉原の朝は世間より遅い。

さすがに朝早くから仕事に出かけなければならない者は泊まらないので、客たちはのんびりと朝寝を楽しむ。しかし、大引けと呼ばれる深夜子（ね）の刻（午前零時ごろ）まで休むことなく働き続けた忘八たちに朝寝は許されない。明け六つ（午前六時ごろ）には起き出して、前夜の片づけや見世の清掃を始めるのだ。

「正蔵（しょうぞう）、酒の残りを確認しておくれ」

売りあげの算盤（そろばん）を入れながら、西田屋甚右衛門が命じた。

「へい」

すぐに正蔵が見世の裏にある蔵へと走った。

吉原の遊女屋で出る食事などで、見世が用意してあるのは酒だけであった。食べものは客の注文に応じて、同じ吉原のなかにある仕出し屋から出前をとるのが普通であり、専門の料理人を抱えている見世はごく少数であった。

吉原創始の名楼西田屋も、酒だけしか用意していなかった。

「きみがてて、酒はあと二荷（か）でござんす」

戻ってきた正蔵が報告した。

「四斗樽（よんとだる）が二つか。それだけあれば、この月は持ちそうだね。正蔵、一樽空（から）になったら、追加の注文を灘屋（なだや）さんへ出しておくれ」

「承知しやした」

正蔵がうなずいた。

明け五つ（午前八時ごろ）になると、居続けでない客はそろそろ帰り出す。ひとしきり客の見送りでざわついた見世も、すぐに静かになった。遊女たちが二度寝に入ったのだ。膨張を続ける江戸の町は、槌音（つちおと）が絶えない。当然、たくさんの人が職を求めて集まり、極端な男過多状態になった。そこへ、さらに参勤交代で出てきた国侍が加わるのだ。江戸は極端な女日照りの町であった。

それだけに高い金を出して一晩遊女を買いきった客は、もてあましていた精を尽きはてるまで敵娼（あいかた）にぶつける。数回の閨ごとはざら、なかには一睡もできない遊女も出る。疲れはてた遊女たちは、客を送り出したあと、二刻（約四時間）ほど寝た。

この間に忘八たちは、見世の雑用をすべてこなすのだ。掃除、洗濯、昼餉の用意とすることはいくらでもあった。

「昼餉にしなさい」

四つ半（午前十一時ごろ）、西田屋甚右衛門の許しで、ようやく忘八たちは食事にありつく。

吉原では、遊女も忘八も日に二食が決まりであった。

「いただきやす」

忘八たちは、見世の階段裏で客の目に止まらないよう、隠れて食事を始めた。白飯に味噌汁、菜の煮物と漬け物だけの質素な献立は一年中変わることがない。

昼餉が終わってものんびりする間はなかった。風呂を沸かして、遊女たちを起こし、身支度するのを手伝うのである。

「剃刀を貸しておくんなまし」

万一を考えて、見世では遊女に鋏、剃刀のたぐいは渡していなかった。要るときに忘八が用意し、使い終わるまで側から離れず見張るのだ。

「夜具が破けたでありんす」

針で指先を突いて怪我でもしては、商売に差し支える。吉原の遊女は縫いものを自分ですることもなかった。

これらすべて忘八の仕事なのである。

「大門が開きやんすうう」

拍子木を鳴らしながら、会所の忘八が独特の節回しで時刻を報せた。

「暖簾を出しなさい」

西田屋甚右衛門の言葉で暖簾がかけられ、打ち水、盛り塩がされた。これで客を迎える準備が整った。

遊廓の客は端目当ての者をのぞいて、一日一度入れ替わった。門限があり、暮れ六つ（午後六時ごろ）には屋敷に帰っていなければならない武士の昼遊び、一日の仕事を終えてやってくる職人や商人の夜遊びである。

それぞれに客たちは、女を買い、飲食をする。

昼遊びの客が帰り、夜遊びの馴染み（なじ）の来訪もひとしきり落ちついたころ、西田屋の裏木戸を気がねそうに叩く（たた）音がした。

「どちらさんで」

人目につかず見世に入りたいという客もいるので、勝手口の訪れといえども、ていねいに応対しなければならない。

「おうぎ屋の忘八でござんす。ちょいとお願いが」

声をかけたのは、弥八であった。

「おうぎ屋さんの。どうかしたのかい」

木戸を開けて忘八が訊いた。

「あいすいやせんが、ちいと酒を貸していただきたいんで」

弥八が両手に持っている瓶を軽くあげて見せた。

「なくなったのかい。そりゃあ、ご繁昌でけっこうなことだ」

忘八は弥八を招き入れ、蔵へと連れていった。

「二升の瓶、二つ。たしかにお借りしやす」

頭を下げて弥八が樽から酒を瓶へと移した。

「おう。明日には返してくれよ」

「へい」

酒や煙草の貸し借りは、一夜を日限としていた。

一つめの瓶を満たし、二つめに取りかかっていた弥八が、忘八の隙を見て、懐から薬を出し、樽へと入れた。

「どうも、お世話になりやした」

一杯になった瓶を持って蔵を出ようとした弥八の前に、吉原会所の忘八が立ちふさがった。

「これは会所の……」

弥八が、驚いた。

四郎右衛門番所とも呼ばれる吉原会所は、大門内の治安いっさいを受け持っていた。吉原の忘八たちは、会所忘八の指示にしたがうのが決まりであった。

「おうぎ屋の忘八、弥八だな」

会所の半纏(はんてん)を着ているのは、三浦屋四郎右衛門方の忘八頭彦也(ひこや)であった。

「へい」

一歩下がりながら、弥八が首肯した。

「なにか……」

「そこの酒を飲んでみろ」

彦也が、弥八の背後にある樽を指さした。

「えっ。酒でやすか。引けまえの飲酒は禁じられておりやすが」

「いいから飲みなんし」

三浦屋の忘八に先導されて明雀(あけすずめ)が蔵へ入ってきた。

「吉原雀さま」

手燭の灯りに照らされた明雀の美しさに、弥八が呆然とした。

「あちきが出てきたんでありんすえ。すべては知られてるとわかるでやんしょう」

冷たい声で明雀が告げた。

逃げ道を探すように瞳を動かしていた弥八が、不意に持っていた瓶を明雀目がけて投げた。飛んできた瓶を明雀に避けさせることで隙をつくろうとした。

「馬鹿な」

走りだそうとした弥八は、目を疑った。明雀の前に三浦屋の忘八が割りこみ、身体で瓶を止めたのだ。

「無駄な手間をかけさせるんじゃねえ」

彦也が手にしていた三尺（約九〇センチメートル）棒で、弥八の臑を撃った。鈍い音がして骨が折れた。

「ぎゃあ」

弁慶の泣きどころと別称される急所をやられて、弥八が恥もなく悲鳴をあげた。

「誰に頼まれたか、じっくり訊かせてもらうぜ。忘八の責め問いの味、知らないわけじゃないだろう。おい、黙らせろ。お客さまの耳障りだ」

冷酷な声で、彦也が命じた。

泣きわめいている弥八の口に手ぬぐいが詰めこまれた。

「仕置き蔵へ連れていけ」

二人の忘八に抱えあげられて、弥八が蔵から運びだされた。一礼して彦也も帰っていった。

続いて蔵から出た明雀を西田屋甚右衛門が腰を低くして出迎えた。

「ありがとうございました。吉原雀さま」

「被害が出る前でよろしゅうありんした」

明雀も真剣な口調であった。

「よくお見抜きになられましたな」

西田屋甚右衛門が感心した。

「おうぎ屋の忘八衆から、報せがありんした。逃げだそうとした忘八を咎めもせずに主が使っていると。しきたりにないことは注意するが、あちきの役目。ずっと会所の者に、見張らせていやんした」

弥八が瓶を持って見世を出たのを見た会所の忘八は、すぐに酒が足りなくなったのかどうかをおうぎ屋の忘八に確認した。

「酒はあまってるほどで」

そう返答を受けた会所の忘八は、ただちに明雀に報せ、吉原雀の登場となったのである。

わずかな会話の間に、彦也が戻ってきていた。

「すべてを白状しやした。あのやろうは、おうぎ屋の女将(おかみ)に頼まれて、西田屋さんの酒に下し薬を混ぜたとのことでござんす」

「そうかい。西田屋さんの見世から多くの食あたりが出たとなると、さすがに奉行所も黙っていられないからねえ」

彦也の報告を受けて、明雀が納得した。

「そのごたごたに乗じて、西田屋さんを乗っ取るつもりだったとか」

「表のお方は、甘いでありんすなあ」

聞いた明雀が笑った。

「でございますな」

普段の温厚な態度からは想像もつかない酷薄な表情を、西田屋甚右衛門が浮かべた。

「そろそろおうぎ屋さんにも、吉原の住人となっていただかなければいけやせんね」

彦也が言った。

「あい」

小首をかしげて、明雀が同意した。


数日後、大津屋しまを町名主が呼びだした。

「なんのごようでございましょう」

弥八が帰ってこなかったことで、計画が失敗したと大津屋しまは知っていたが、何食わぬ顔で、大番頭を伴い町名主の屋敷へやってきた。

町名主は江戸町奉行の補佐役である町年寄の配下で、町内の訴訟、人別のあらためなどを担当していた。

「大津屋しま。吉原おうぎ屋の主であるとの証書が吉原会所より回されてきた」

「えっ」

言われて大津屋しまが驚いた。おうぎ屋を買い取り、女将と名のってはいたが、町奉行所への届けは出していなかったのだ。大門外の編み笠茶屋と違い、吉原の楼主となれば、人別をはずされることになり、大津屋をやっていくことはもちろん、人としてのあつかいさえ受けられなくなる。

「町奉行へも昨日届け出がなされ、本日受理されたをもって、大津屋しまの人別を町内よりはずした」

「ちょっと待ってくださいな。町奉行所が受けたなんて、そんな」

腰を浮かせて、大津屋しまが大声をあげた。

「大津屋は新しい主を決めるように。一カ月以内に届けがなければ、大津屋は後継なしとして闕所（けっしょ）となる」

町名主は大津屋しまではなく、大番頭に告げた。

「は、はい、ただちに」

あわてて大番頭がうなずいた。

「ちょっと、なにを、いったい」

錯乱した大津屋しまが、町名主に詰め寄った。

「わたくしは町奉行所にたくさんのお金を渡してあるのでございますよ。そのわたくしが人別をはずされるなんて」

「手出しをしてはいけないところだったのだよ。与力さまが耳打ちしてくださった。おまえがちょっかいかけた相手は、神君家康さまのお墨付きを預かる家柄。人でなき吉原の住人で、ただ一人御上が護らねばならない相手なんだと」

言葉遣いをあらためて、町名主が命じた。

「さっさと町内から出ていけ。吉原を手に入れたいなら、なかからやるんだな」

呆然としている大津屋しまを、大番頭が引き立てて行った。

三

徳川御三家水戸二十八万石の当主徳川右近衛権中将光圀は、連日多忙を極めていた。御三家で唯一定府の家柄の水戸家は、将軍家の補佐として江戸城へあがることも多いうえに、正しい日本の歴史を後世に伝えると始めた『大日本史』の編纂が、光圀の日常を忙殺していた。

まさに寸刻を生み出すのも至難な光圀が、緋之介を訪れたのは、頼宣が吉原に来た翌日のことであった。

「紀州の頼宣どのが来たそうだな」

ずかずかと緋之介の離れまで入ってきた光圀は、腰を下ろす間もなく言った。

「はい」

緋之介は驚くことなく、首肯した。

浅草で育った光圀は、若いころから吉原に通いつめ、名楼三浦屋の格子明雀の馴染みとなっていた。

三浦屋の遊女明雀は、その生い立ちから特別であった。明雀は吉原きっての名妓とうたわれた三浦屋の二代目高尾太夫(たかおだゆう)と旗本板倉重昌(いたくらしげまさ)の間にできた子供であった。

吉原で生まれた娘は、遊女になるのが決まりである。ただ、世が世なれば旗本のお姫さまであった明雀を哀れんだ三浦屋四郎右衛門が、せめてもの情けと吉原のしきたりを破ってまで初見世を光圀へ任せた。

これが縁となって西田屋の客であった光圀と三浦屋の遊女明雀は馴染みとなった。

馴染みとは吉原独特のしきたりであった。吉原では遊女と客の関係をかりそめの夫婦(みょうと)と見たてていた。

一度逢瀬(おうせ)を重ねれば、客と遊女は固定され、ほかの遊女と同衾(どうきん)することはもちろん、別の見世にあがることもできなかった。

光圀と明雀はいわば、吉原のなかで夫婦であった。

「吉原雀の耳に届かないことはない」

床の間を背に光圀が坐った。

吉原雀とは、廓に住まいするすべての遊女、男衆を支配する。客との睦言で聞いた話などを遊女たちは見世の男衆である忘八に、忘八たちはそのなかから重要と思われることを吉原雀に伝えるのだ。

吉原雀は、いながらにして江戸中のことを耳にする。

その吉原雀が光圀の敵娼の明雀であった。

「金をくれたそうだな。あれは緋の字、おまえが欲しいとの布石よ」

「そこまでおわかりで」

話の裏まで知っているとは、緋之介も思っていなかった。

「いや、さすがに話まで盗み聞きはせんぞ」

光圀が苦笑した。

「この間の騒動の日、紀州の伯父から、緋の字を家臣に欲しいとねだられたのだ。もちろん断ったがな」

「紀州公がそのようなことを」

経済の逼迫を解消するため、どうやって家臣を減らすかでどこの藩も必死になっているときに、新規召し抱えしてやろうという頼宣の好意に緋之介は驚いた。

「気をつけろよ。昔から欲しいと思ったものは、なんでも手に入れてきた人だ。もっとも天下だけは無理だったようだが」

光圀が笑った。

「はあ」

あまりに大きな話すぎ、緋之介は生返事をするしかなかった。

「で、伯父はなにを言いに来た」

表情を引き締めて、光圀が訊いた。

「これだけくださりました」

緋之介はもらった祝いの金を違い棚から出してきた。

「はりこんだな。紀州も水戸に劣らず、首が回らねえはずだが」

金額に光圀が驚いた。

「まあ、もらっておけ。金だけはあって困ることはねえ」

「せっかくのご厚意なので、ありがたくちょうだいいたしまする」

頼宣の前で貰(もら)うと言った以上、光圀に預けるわけにもいかなかった。

「他には」

続けて問う光圀に、緋之介は無言で首を振った。頼宣が来訪した主眼について、緋之介は語らなかった。光圀にかかわりのある話だったが、頼宣の意図が見えないのでどう話していいのかわからなかった。

「そうか。紀州の伯父も、もの好きなことだ」

光圀の興味は、そこで終わった。

「緋の字、たった今、明雀が教えてくれたのだが」

「なにをでございましょう」

話題が切り替わった。

「女の切腹があったらしいじゃないか」

「……女の切腹」

思わず緋之介は驚きの声をあげた。

「ああ。御家人矢島某の妹で、名前は訊かなかったが、大奥へご奉公にあがっている女が、昨日腹を切ったらしい」

「大奥女中が」

「といっても女武芸者、別式女だそうだ」

膝を崩しながら、光圀が話した。

「別式女」

「遺書があったそうだ。右肩を壊し、二度と太刀を持てなくなり、お役にたてなくなったことをお詫びするとのな」

光圀が語った。

いくらひそかにことを運ぼうとしても、一人の女が切腹したのだ。医者や寺を手配せねばならず、近隣の者に隠しおおすことはできなかった。

少しでも噂になれば、吉原には伝わった。訪れた客が、遊女の歓心を買うために、秘密の話でも漏らしてしまうのだ。

「右肩を……」

光圀の言葉に緋之介が大きく息をのんだ。

「思いあたることがあるようだな」

「つい先日、見返り柳のあたりで……」

緋之介が顚末（てんまつ）を話した。

「そうか」

聞き終えた光圀が、腕を組んだ。

「別式女は、大奥の警衛のみを任とする。それが緋の字を襲ったとなると、誰かの命（めい）を受けたとしか思えぬな。緋の字を狙う輩（やから）はくさるほどいるにしても、別式女を動かせる者はそうはおらぬ。まず、老中、そして大奥上臈衆（じょうろうしゅう）」

「阿部豊後守……」

緋之介にとって、松平伊豆守の後を受けるかのように立ちふさがった敵である。思いあたることは山ほどあった。

「まあ早急に決めることはできぬが」

言葉をきった光圀が、表情を引き締めた。

「まちがいなく、大奥も敵になったな」

光圀が大きく嘆息した。

相模の切腹は大奥をつうじて堀田備中守へ報された。

「そうか。ご苦労であった」

聞いた堀田備中守は、悔しそうに顔をゆがめて報告する出雲をねぎらった。

「この恨みは、けっして忘れませぬ。別式女は、小野家を代々の敵として狙い続けまする」

「余も力を貸そう。腹切った別式女への供養に使ってくれい」

十両を懐紙に包んで堀田備中守が差しだした。

「かたじけのう存じまする」

出された茶碗に手をつけることもなく、出雲がていねいに頭をさげて帰った。

「最初から勝てるとは思っていなかったわ」

見送った堀田備中守がつぶやいた。

「大奥ほど、汚くしつこいところはない。なかでは御台所と側室、側室同士で争っているが、一度大奥へ敵する者が現れると一枚岩となって戦う。将軍家を抱えこんでいる大奥の力は表にもおよぶ。小野友悟、ひいてはその後ろ盾水戸の光圀、きさまたちは幕府を敵に回したにひとしいのだ」

堀田備中守が、ぬるくなった茶を口に含んだ。

「生まれてくる和子を将軍になさるには、家綱に世継ぎができてからでは遅い。そうそそのかしただけで、家綱を襲った綱重。えらそうに世の逆順をとく水戸の光圀、そして将軍の盾となる剣術指南役小野家。続々と綱吉さまの障害が排除されていくわ。余になんの傷も痛みもなくな」

満足そうに堀田備中守が笑った。

「綱吉さまが将軍となったあかつきには、余は大老となる。父が命を捨ててまで願った堀田家の隆盛、余が果たして見せよう」

笑いを消して、堀田備中守が断言した。

第三章　権の魔力

一

上島常也は、不機嫌な顔で主君阿部豊後守忠秋のもとへ伺候した。

「男がすねても、かわいくはないぞ」

上島常也の態度に阿部豊後守が苦笑した。

「御用は」

ぶっきらぼうに上島常也が訊いた。

家臣が主君に対しこのような態度を取っても咎められないのは、上島常也が阿部豊後守の異母弟だからであった。

阿部豊後守の父が隠居してから女中に手をつけ産ませた上島常也は、世間体が悪いと、幼くして家臣の家に養子に出された。

兄弟たちが大名や高禄の旗本となっているのに比して、数百石の捨て扶持で、飼い殺しに近いあつかいを受けていることに上島常也は不満を持っていた。

「皮肉を返さないだけ、ましになったか。少しは成長したようだ」

身内としての親しさをみじんも感じさせぬ声で、阿部豊後守が言った。

「きさまに任せている織江のことだ。最近はどうじゃ」

阿部豊後守が用件を口にした。

「毎日夜ともなると、吉原を出て行きまする」

ふてくされた表情のまま、上島常也が答えた。

「ほう、どこへだ」

「駒込の水戸家中屋敷門前」

上島常也はぶっきらぼうに告げた。

「門前だと。なかには入らぬのか」

すぐに阿部豊後守が気づいた。

「明けるまで、ただ屋敷角の暗闇にじっと潜んでおりまする」

「ふうむ」

阿部豊後守が腕を組んだ。

「中屋敷か。中将光圀の身辺警固ではないの。いまさらあのうつけどのの首など狙う者などおるまい。となると、織江の許嫁となった真弓と申す娘か。しかし、みょうだの。今になって水戸の姫と認められたとはいえ、加賀や尾張などへ嫁にだすわけではない。たかが八百石の小旗本が息子と婚姻するだけではないか。襲われるほどの理由は見つからぬ」

「人でなくばものでございましょう」

考えこむ阿部豊後守へ上島常也が述べた。

「もの……ものか」

阿部豊後守が、手を叩いて家臣を呼んだ。

「宇野を呼べ。右筆の宇野をじゃ」

右筆とは、幕府にあるすべての文書を作成し、保管する役目である。身分は勘定方組頭より低いが、機密にかかわることも多く、かなり優遇されていた。役目柄、老中とも親しく、宇野は阿部豊後守の屋敷によく出入りしていた。

「お呼びでございましょうか」

すぐに宇野がやってきた。幕府最高権力者老中筆頭阿部豊後守の呼びだしとあれば、夜中であろうとも関係なかった。

「遅くにすまぬ。さっそくだが、宇野。最近、大名どもからあがってきた伺い書につ
いて訊きたい」

ねぎらいもそこそこに阿部豊後守が質問した。

「伺い書でございまするか」

命じられた宇野が首をかしげた。

「ご老中さまがお気になさるようなものは……」

伺い書とは、幕府へ差しだす正式な文書ではなかった。

幕府へ届け出るかどうか悩むような事象があったとき、諸大名や旗本たちは幕府すべての書類に精通している右筆あてへ問いあわせた。それが伺い書である。どのようなことを書いても、右筆の胸で止まるため、咎められることはなかった。

もちろん、それなりのお礼をつけねばならず、これが右筆たちの大きな副収入とな

っていた。

「なんでもかまわぬ。そなたの頭に残っているものでいい」

阿部豊後守がせかした。

「多いのは、先だっての上様安宅丸ご見学のおりにございました一件にかんするものでございまする」

「ほう。どのようなものだ」

寵愛してくれた三代将軍家光の遺児四代将軍家綱こそ、阿部豊後守にとってなによりもたいせつな存在であった。家綱にかかわることは、阿部豊後守の最優先であった。

「ほとんどが、あのおりに己がいかに活躍したかを書きつづったものでございまする。戦国の功名書きと申せばおわかりになりやすいかと」

宇野が説明した。

功名書きとは、合戦の後に武者たちが主君あてに出したもので、己がどれだけ立派な敵を多く倒して、勝利に貢献したかを記したものである。褒賞にかかわっただけに、皆必死に己の功を書きつづった。

泰平となれば出世の機会は滅多にない。物価の上昇などで生活が苦しい大名たちにとって、ほんの小さな糸口でも功に繋げたくなるのは当然であった。

「たわけどもが。誰もなにひとつしなかったではないか。いや、しなかった以上にたちが悪い。上様御座近くで惑乱し、醜態をさらしおったくせに。宇野、功績を申したてている者どもの名前を記しておけ。後日思いしらせてくれるわ」

阿部豊後守が吐きすてた。

「それ以外はないのか」

「水戸さまより、姫君別家につき、石高分封をしたいとのお話がございました」

「小野の息子との婚姻にともなう化粧料か」

「はい」

化粧料とは、将軍や大名の娘が嫁ぐとき、その生活の費用として与えられた禄のことだ。姫が生きている間は、化粧料だが、死後は嫁ぎ先に吸収されることから、一種の加増と考えられていた。

「いかほどと申してきた」

「一千石でございました」

規模を問うた阿部豊後守に宇野が告げた。

「妥当なところか。万石であれば、さすがに許しはできぬが、よいところをついてきたの。神君家康さまの孫姫を妻とするのだ、実家の八百石より少なくては釣合がとれぬ。かと申して、ながく姫とあつかわれていなかった娘の婚姻に万石は多すぎる。なかなかに水戸の付け家老は、算用のできる男のようじゃ」

阿部豊後守が首肯した。

「あとはたいしたものはないか」

「はい……ああ。そう言えば、一つみょうなのがございました」

思いだしたように宇野が語った。

「みょうなとは、どのようなことよ」

「屋敷へ盗賊が押し入ったのを撃退した。大目付へ届け出るほどのことではないと思うが、いちおう伺いたいと」

宇野が告げた。

「盗人だと」

「護るべきもの」

聞いた阿部豊後守と上島常也が顔を見あわせた。

「どこの藩か」

「御親藩松平越前守さまでございまする」

「越前の松平か。なにが狙われたかは、書いてあったのか」

「重代の家宝とのみ」

問われて宇野が首を振った。

「ご苦労であった」

宇野を帰して、阿部豊後守が上島常也に目をやった。

「なにが狙われたか調べよ」

「……承知」

小さくうなずいて上島常也が応じた。

越前松平家は家康の次男秀康(ひでやす)を祖とする名門中の名門であった。家康の三男で二代将軍となった秀忠より兄ながら、将軍になれなかった秀康は数奇な運命をたどった。

生まれたとき、あまりにその容貌(ようぼう)が醜かったことで父から忌避(きひ)された秀康は、ながく家康へ目通りがかなわなかった。

その秀康を憐れんだ長男信康の尽力によって、ようやく家康の息子と認められたが、あつかいは変わらなかった。家康は秀康を徹底して避け、会おうともしなかった。

そして秀康の味方であった信康が亡くなると、家康の態度はさらに硬化した。

嫡男なきあとの世継ぎである次男秀康を豊臣秀吉の養子に差しだしたのだ。それも、養子とは名ばかりの人質としてである。

猛将としての片鱗を見せ始めていた秀康は境遇に反発し、天下人である秀吉にさえ逆らうようになった。

家康を抑える人質のはずだった息子にその価値がないと知った秀吉は、さっさと秀康を跡継ぎのなかった関東の名門結城家へ押しつけた。

秀康は、松平から羽柴、そして結城へとたらい回しにされた。それだけではなかった。秀吉が死に、天下の権を争う徳川家一世一代の戦からも秀康ははずされた。

「豊臣秀頼と親交があった」

関ヶ原の合戦では、実父家康から大坂への内通を懸念され、江戸へ残されたのだ。

しかし、さすがに幕府ができると家康の直系を、関東の小大名としておくわけにはいかなかった。

摂津、和泉、河内三国の主に落ちぶれたとはいえ、戦国の覇者豊臣家がばくだいな金をもったまま大坂に健在であり、ほかにも数十万石をこえる外様大名たちがあちこちに点在していた。

家康の好き嫌いにかかわらず、徳川の一門は要地と大領をもって、幕府の藩屏とせざるをえなくなった。

秀康は関ヶ原合戦ののち、加賀前田百万石の抑えとして越前福井に六十八万石で封じられ、四年後慶長九年（一六〇四）、結城姓から松平に復した。

名実ともに将軍の親藩となった松平秀康は、二代将軍の兄であることから制外の家として、特別なあつかいを受けた。

これが越前松平家を誤らせた。多少のことは許される家柄だと思いこんだのだ。

さすがに秀康存命の間は幕府も遠慮していたが、慶長十二年（一六〇七）、秀康の死を皮切りに、少しずつ締め付けが始まった。

越前松平家をついだ忠直が十三歳と幼かったことも不幸であった。父秀康に認められた特権をも受けついだと勘違いした忠直が、傍若無人にふるまったのだ。

まだ豊臣家を滅ぼせていなかったこともあって幕府は、当初見て見ぬふりをした。いや、なんとか幕府の体制に取りこもうと、忠直に秀忠の三女勝姫を娶せもした。しかし、婚姻も功を奏さなかった。将軍の娘婿と、かえって忠直を調子づかせてしまった。

そのうえ、元和元年（一六一五）、大坂夏の陣で大坂城一番乗りという大功をたてた忠直の行状はますます横暴となった。

すでに徳川に敵対する者は滅びた。こうなると幕府にとっておそろしいのは外様大名たちの叛乱ではなく、一門による将軍位簒奪に替わる。

制外の家のあつかいは、将軍の兄であった秀康にのみ黙認されたものであり、忠直は将軍の甥でしかない。元和九年（一六二三）、ついに幕府は忠直を咎めた。所領召し上げのうえ、豊後萩原へ配流したのだ。

その跡へ、忠直の弟で越後高田二十五万石の藩主忠昌が、五十二万五千石に加増され入った。入れ替わりに忠直と勝姫の子光長は二十五万石で越後高田へと移された。

だが、越前松平家に静穏は訪れなかった。四代目藩主となった忠昌の息子光通が延宝二年（一六七四）に自決してしまった。三年前にやはり自害した妻国姫の後追いと言われるが、福井は上を下への大騒ぎになった。

重臣たちの奔走で、なんとか光通の弟昌親に相続は許されたが、その影響は大きかった。幕閣たちに頭があがらなくなったのだ。

御三家に次ぐ格式の越前松平家ではあったが、重なる幕府の圧迫によって、その矜持は打ち砕かれ、今では外様の小藩以上に老中の顔色を窺う腰弱な藩に落ちぶれていた。

翌朝、阿部家上屋敷を出た上島常也は、その足で越前松平家を訪れた。

「御老中さまのお留守居役どのが、何用でござろうか」

出迎えた越前松平家家老酒井玄蕃は、上島常也不意の来訪の意図を探った。

留守居役は、幕府や他の藩との交渉ごといっさいを担う重要な役目である。老中や若年寄、あるいは勘定奉行など幕府の枢要にある人物と会うことも多く、どことも藩主の懐刀と呼ばれる優秀な者をあてていた。

酒井玄蕃が上島常也訪問の裏に阿部豊後守の影を見たのは当然であった。

「いや、さほどのことではございませぬ」

上島常也は、はぐらかした。

「噂に聞く越前守さまのお庭を拝見いたしたいと思いましてな」

わざと上島常也は話題を別の方向に振った。

「いや、豊後守さまの中屋敷には遠くおよびませぬ」

愛想笑いを浮かべながら酒井玄蕃が、上島常也のようすを見た。

酒井玄蕃は、越前松平の名家老として知られていた。名前からしてわかるように、老中や大老を出すことのできる徳川四天王の一つ酒井家の流れであった。

御三家の付け家老と同じような存在として、越前松平家の政をおこなうだけではなく、幕府との交渉ごとのすべてでも担当していた。

「豊後守さまにも長くお目通りいたしておりませぬが、おかわりは」

ふたたび酒井玄蕃が水を向けた。

「お陰をもちまして、主は矍鑠といたしておりまする」

わかっていて上島常也が流した。

「それは重畳なこととおよろこび申しあげまする」

身分からいえば、御親藩越前松平家の筆頭家老である酒井玄蕃が格上になる。しかし、幕府に目を付けられて痛い思いをしたことがあるだけに、酒井玄蕃は上島常也にもていねいな応対をしていた。

「そろそろ隠居なされてもよろしいのではないかと、常々申しあげておるのでござい
ますが、なかなか」

　上島常也は苦笑して見せた。

「いやいや。今の御上は将軍家をお護りなされている豊後守さまによって持っている
と申しあげてはばかりあることではございませぬ。まだまだ引かれては天下万民が困
りましょう」

　あからさまな追従を酒井玄蕃が口にした。

「そこまで仰せくださるか」

「もちろんでございまする。阿部豊後守さまなくして、政は語れませぬ」

「ならば、酒井どの。天下の政を担う、主豊後守に力を貸してくれましょうな」

　言葉尻を上島常也は逃さなかった。

「と、当然でござる。越前松平家は、阿部豊後守さまこそ頼りとしておりまする。微
力なれど、いくらでもお遣いくだされ」

　ああ言われては、酒井玄蕃も首肯するほかなかった。

「結構なことでござる。では、さっそくでございますが、酒井どの。先日右筆の宇野どのあてに伺い書をお出しになられたな」

　上島常也が口調を詰問に変えた。

「いかにも。それがどうかいたしましたか」

　伺い書の段階では、どのようなことでも表沙汰にならないのが慣例であった。上島常也の目的を読めない酒井玄蕃であったが、焦りは見せなかった。

「あの伺い書には、中屋敷に盗賊の侵入を許したが、撃退したのでお届けすべきかどうかと記されておりましたな。まことでございましょうか」

「いかにも。我が越前家は、大坂夏の陣で一番乗りを果たし、神君家康さまより、天下無双の者と賞嘆いただいた武の家柄でござる。たかが鼠賊の一人ぐらいなにほどのこともございませぬ」

　疑うような上島常也に、心外だとばかりに酒井玄蕃が胸を張った。

「金蔵はご無事で」

　さりげなく上島常也が上目遣いになった。

「いや、金蔵ではなく、宝物蔵でござった。情けない話でござるが、我が福井藩の内情は手元不如意でござって」

　上島常也の狙いが、福井藩の金だと酒井玄蕃ははやとちりした。もとは外様大名から戦をする金を奪うのが目的であった幕府お手伝い普請に嫌な噂が立っていた。近い内に御三家、親藩かかわりなく、命じられるというのだ。大枚の金と人手、日数を要するお手伝い普請は、大名にとって大きな負担であり、なんとしてでも避けたいものであった。

　酒井玄蕃は、盗賊が狙うほどの金などないと言いきった。

「ならば、お訊きいたす。盗賊が目的としたものはなんでござる」

　上島常也が本題に入った。

「……うっ」

　そこにいたって、ようやく酒井玄蕃は上島常也の狙いに気づいた。

「絵とか壺などでございましょう。もっとも盗賊ではございませぬゆえ、真の狙いはわかりませぬが」

　つくろうように酒井玄蕃が応えた。

「酒井どの。このまま復命してよろしいのでござるな。主阿部豊後守は味方する者にはそれ相応に報いまするが、敵対する者には容赦いたしませぬぞ。わたくしをここに寄こしたわけをお考えなされよ」

重ねて上島常也が脅しをかけた。

「…………」

酒井玄蕃は沈黙した。

「お答えをいただけない。これは、豊後守にはしたがえぬとの意でございますな。承知いたしました。では、お手間をとらせまして」

あっさりと上島常也は立ちあがった。

「お、お待ちを」

あわてて酒井玄蕃が止めた。上島常也をこのまま帰しては、どのようなしっぺ返しをくらうか知れなかった。

「どのようなことがらであっても、豊後守さまはお咎めをなされぬのでございましょうな」

酒井玄蕃が保証を欲しがった。

「わたくしではなんとも申しあげられませぬが、豊後守は役にたつお方を捨てはしませぬ」

するともしないとも言わず、ただ上島常也は首肯して見せた。

「きっと願いますぞ」

念を押して、酒井玄蕃は告げた。

「盗賊の狙いは……村正でござった」

「……逆順の太刀村正」

聞いた上島常也が息をのんだ。

二

神田にある館林藩主徳川綱吉の館で、牧野備後守成恒と本庄宮内小輔宗孝が、二人きりで話をしていた。

「宮内小輔さま、いかがでござろう。あの村正も違いましたか」

牧野備後守が、問うた。

「残念でござるが、ただの刀でござったわ」

淡々と本庄宮内小輔が答えた。

本庄宮内小輔は、綱吉の母桂昌院（けいしょういん）の兄にあたる。もとは京で二条（にじょう）関白家に仕えていた雑掌（ざっしょう）であった。六条（ろくじょう）宰相の娘が家光の側室として江戸へ下るにしたがった妹玉（たま）に、家光の手がつき、旗本として禄を支給された。さらに玉こと桂昌院が綱吉を産んだことで、大名へ引きあげられた。

綱吉が別家すると同時に家老に任じられ、館林二十五万石の差配を握った。

「聞けば、かの研ぎ師（とし）は吉原で心中したとか」

牧野備後守が気の重そうな顔をした。

「たかが、庶民一人と遊女ではござらぬか。貴殿が気に病むことではございませぬぞ」

「とは申せ、これで何本、無駄であったのかと思うと」

大きく牧野備後守が嘆息した。

「たとえ百本をこえようとも、探しだすのが我らの務めでござろう。綱吉さまを将軍の座におつけ申すため」

肩を落とした牧野備後守を叱咤（しった）するように、本庄宮内小輔が言った。

「備後守どのよ。今の世をどう見られる。戦を忘れた武士は怠惰に染まり、庶民たちは金儲けに走る。誰も他人のことなど気にもせぬ。年寄りが転んでいたら踏みつけていこうとする輩ばかり。このままでは、国が滅びてしまう。それを防ぐには人の上に立つべきお方が英邁でなければなりますまい。はばかりながら、今の上様にその能はござらぬ。そして甲府の綱重どのにもな」

「…………」

無言の牧野備後守を気にすることなく、本庄宮内小輔は続けた。

「家康さまが残された天下を維持し、百年の安泰を保つことのできるのは、ただ綱吉さま一人」

「それはわかっておりまする。綱吉さまはまさに天の申し子。一を聞いて十どころか、百を知られる。これほどのお方はどこを捜してもおられますまい」

口を開いた牧野備後守が同意した。

「だが、そのためとはいえ、人を殺めてまで……」

「備後守どの」

しゃべりかけた牧野備後守を、本庄宮内小輔が封じた。

「天下の乱れは戦国を呼びましょう。となれば、何千何万の人が死に、その何倍もの民が塗炭の苦しみを味わうことになりまする。それを防ぐためならば、数名の命を奪うこともやむをえぬことでございましょう。俗に大の虫を生かすに小の虫を殺すというたとえもございまする」

「王道とは、そうなのでござろうか。それは覇道ではありませぬのか」

「よくお考えあれ。備後守どの。王道は綱吉さまが歩まれるのだ。そこをまちがえられるな。綱吉さまさえ汚れられなければ、覇道は王道になるのでござる。そのために我ら家臣がおるのでござる。泥をかぶるために。もちろん、泥とはいえ功。かならず報われまする。綱吉さまが幕府の主となったとき、我ら二人は老中として幕閣を抑えておりましょう」

覚悟を決めよと本庄宮内小輔が牧野備後守を鼓舞した。

「あいわかりもうした」

ゆっくりと牧野備後守がうなずいた。

「しかし、宮内小輔どの。これ以上村正は見あたりませぬぞ。二代秀忠さまによる村正禁止の令がございましたゆえ」

「いやいや、まだございまする。最後の一本が」

牧野備後守の話を本庄宮内小輔が否定した。

「小屋権兵衛が、ついに手にすることのできなかった一本でござるか。たしか、越前松平家に伝わる村正」

「それではござらぬ。あれは蔵のなかで小屋が確認しておりまする。盗んで参ろうとしたのは、我らに違うことを確認させるため。用件はすでに蔵内ですんでいたのでござる」

本庄宮内小輔が、語った。

「では、最後の一本はどこに」

問いかける牧野備後守に本庄宮内小輔が告げた。

「御三家、水戸徳川、その妾腹の娘が手にござる」

「そこまで知れていて、なぜ小屋を向かわせられぬので」

「すでに一度行かせましたが、失敗いたしました。じゃまが入ったのでござる」

牧野備後守の問いに本庄宮内小輔が苦い顔をした。

「じゃま。水戸藩士でござるか」

「水戸藩士が藩主の一門を護るはずはございませぬ。水戸家は旗本の惣頭。藩士たちはすべて将軍の命にのみしたがうだけ」

本庄宮内小輔が小さく笑った。

「ならば、誰が」

「織江緋之介、いや、小野友悟と申すべきでございましょう」

ふたたび表情をゆがめて、本庄宮内小輔が言った。

「小野友悟……あの家綱さまを救った男」

音をたてて牧野備後守が息をのんだ。

「いかにも。あやつは二度も我らの機を潰してくれました。一度は味方にとも思いましたが、今は敵でござる」

憎々しげに本庄宮内小輔が吐きすてた。

「どうなされる」

「綱吉さまの前に立ちふさがる者は」

一度言葉をきった本庄宮内小輔は、きびしい目つきで宙を睨みつけた。

「それが家綱さまでも廃する」

はっきりと本庄宮内小輔が宣した。

上島常也は、越前松平家を訪れて以来、屋敷には戻っていなかった。

「おもしろいことになってきた」

市中に買い求めた一軒家で、上島常也は一人酒をあおっていた。

「家康さまの恨みのこもった村正か。ぜひ我が手にしてみたいものだ」

己の境遇にうつうつたる思いのある上島常也にとって、徳川に祟るという村正は魅力のあるものであった。

「天下を統一する勢いがあった徳川の家に傷をつけたのだ。阿部家くらいなら潰してくれるやも知れぬ」

酒を干した、上島常也が暗い笑いを浮かべた。

「阿部家が断絶となったとき、兄上はどのような顔を見せてくれるのだ」

音をたてて、盃を膳に置いた上島常也は、腰に両刀を帯びて家を出た。

「織江、やはりおぬしはおもしろいぞ」

暦では秋になったが、まだ江戸の町は暑い。携帯薬箱の鐶を打ち合わせた独特の音をたてて暑気あたりの薬を売る行商人や、のんびりとした売り声の金魚屋が過ぎていく。庶民たちが出歩くには陽が高い、そんな町を上島常也は一心不乱に進んだ。

夕刻前に吉原についた上島常也は、まっすぐ西田屋を訪れた。

「いらっしゃいませ。初会のお方で」

出迎えた忘八が問うた。

西田屋ほどの見世に勤める忘八ともなると、端女郎の馴染み客でさえ覚えている。

「いや、客じゃねえ。悪いな。こちらに織江どのがおられるはずだが」

すばやく懐から小粒を出して、上島常也は忘八に渡した。

「織江の旦那のお客にこのようなまねをしていただいては、あっしが主に叱られやす」

「いや、織江どのには世話になっておるのだ」

無理矢理恐縮する忘八へ納めさせて、上島常也は離れへと案内させた。

「織江の旦那、お客人で」

夜の見張りに備えて午睡をとっていた緋之介は、声がかかる前に目覚めていた。

「どなたか。まあ、お入りくだされ」

起きあがった緋之介は、客の顔を見て目を見張った。

「ご無沙汰でござる」

悪びれるようすもなく、上島常也は年来の友人のように軽く頭をさげて、障子際の下座に腰をおろした。

「すぐに酒を」

心付けをもらった忘八が、気をきかせて台所へと下がっていった。

「上島どのであったな」

「覚えていてくださったか。徳川の一門に名を連ねられるお方に存じおかれるとは光栄でござる」

上島常也が緋之介と真弓の婚姻を皮肉った。

「男の極楽に住まいしながら、みごと葵（あおい）のご紋をお射止めになる。いや、拙者（せっしゃ）のように四十こえて嫁の来てもない陪臣（ばいしん）風情には、どうやってもできることではございませぬ。いやうらやましいかぎりで」

「……何用ぞ」

嘲笑（ちょうしょう）を浮かべる上島常也に気分を害した緋之介が、きつい声で問うた。

「譲っていただきたいものがござってな」

　緋之介の怒りを気にもせず、上島常也が告げた。

「なにを譲れと」

「水戸家の村正」

　問われて上島常也が、言った。

「村正だと」

　思わず緋之介は腰を浮かせた。

「やめていただきたいな。このていどのことで斬(き)られていては、留守居役など命がいくつあってももたりませぬわ」

　殺気だった緋之介に、上島常也がなだめた。

「水戸家に村正があるかどうかも知らぬ。たとえあったとしても、拙者がどうこうできるものではない」

　きっぱりと緋之介は断った。

「買うと申しても。百両、いや二百両まで出しますぞ」

「くどい」

緋之介が、話を断ちきる勢いで言った。

「刀はあきらめましょう。逆順の太刀というのを一度手にしてみたかったのですがね」

上島常也が引いた。

「代わりにと申してはなんでございますが、その村正に隠された謎(なぞ)をお教えいただきたい」

「なぜそのことを知っている」

驚愕(きょうがく)して緋之介は、質問を返した。

「知られていないと思うのが、甘いとは考えられぬのか」

ぎゃくに上島常也から緋之介は注意を受けた。

「隠すことからあらわれる。秘密を守れる者は少ないのがこの世」

若年を諭すように上島常也が言った。

「ううむ」

緋之介はうなるしかなかった。

「さて、人生の真髄をお教えしたのだ。お返しに村正の秘密をお願いしたいな」

どうどうと上島常也が請求した。

「教訓というほどのものでございますかな」

割りこむようにして西田屋甚右衛門が入ってきた。

「呼んだ覚えはないが、ここの主は客の招きがなくとも、部屋に入ってくるのか」

不快そうに上島常也が、西田屋甚右衛門をにらんだ。

「ここは吉原でございまする。吉原で客といえば、遊女を揚げてくださるお方のみ。この西田屋の馴染みでさえないあなたさまは、違いましょう」

悪びれた風もなく西田屋甚右衛門が坐った。

「織江さま、かってなことをいたしますが、ご容赦のほどを」

西田屋甚右衛門は、緋之介に頭をさげた。

「なんだ」

上島常也が、顔色を変えた。あからさまな殺気が離れを包んだ。

「村正をご所望だそうでございますな。じつは我が西田屋の遊女が、先だってお馴染みさんと心中いたしました。そのお相手が研ぎ師さんで、お預かりしていた村正を奪われた責任を感じていたとのこと」

「それがどうしたというのだ。拙者にはかかわりのないことだ」

脂汗を流しながら、上島常也が虚勢をはった。

「見世にとって年季明け前の遊女に死なれることは、大きな損失でございまして。当然のことながら、その穴を埋めねばなりませぬ」

西田屋甚右衛門が、首を振った。

さっと四人の忘八が離れへ侵入し、上島常也の周囲を固めた。

「上島さまでございましたな。遊女一人の命、失うだけの理由、あなたさまはご存じでございましょうか」

感情のこもらない声で、西田屋甚右衛門が問うた。

「このようなまねをして、ただですむと思うのか」

「吉原は無縁の地。世間さまの力はおよびませぬ。人が消えたところで、誰も捜しには来ませんよ」

「わしは、老中阿部豊後守の家臣ぞ。この見世など……」

「神君家康さまのお書付を持つ西田屋をどのようになさるので」

「うっ」

脅しにかかる上島常也を、西田屋甚右衛門が軽くあしらった。

「それに、あなたさまがいなくなったところで、人を出してくださいますかな、御老中さまは。身内の恥は消したいものでございますよ」

西田屋甚右衛門が、首をかしげて見せた。すでに上島常也の正体を吉原は知っていた。

「……………」

言われた上島常也が愕然とした。

「では、ゆっくりと事情をおうかがいできるところへ、参りましょうか」

西田屋甚右衛門の目配せに、忘八たちが上島常也の肩に手をかけた。

「ま、待て、待ってくれ」

上島常也が、あせった。

「拙者はなにも知らぬ。ただ、越前松平家から出された伺い書から、盗まれそうになったものが村正と知っただけだ」

吉原の責め問いのすさまじさは、筆舌に尽くしがたいと噂されている。上島常也はあっさりとしゃべった。

「越前さまから、どうして水戸さまへ」

すぐに西田屋甚右衛門が、先をうながした。

「織江を見張っていたら、毎夜のように水戸家の警固に出かけていくではないか。いかに婚姻する相手となったとはいえ、いままでしていなかったことを急に始める理由にはなるまい。となれば、織江がそうせざるをえないことが水戸にかかわりあるところで起こったと考えるのが当然であろう。それはなにかと思案していたところに、越前松平家から盗人を撃退したが、報告したほうがいいかとの伺い書が出た。拙者は先日越前松平家を訪れて、それが村正と知って、もしかすると織江の護っているものもそうではないかと……」

「かまをかけに来たと」

聞いた西田屋甚右衛門が苦笑した。

「織江さま、正直もときには損になるということでございますな」

「すまぬ」

緋之介は恥じるしかなかった。

「どうなさいますか」

西田屋甚右衛門が緋之介へ問うた。

「このまま帰しますか、それとも……」

「ひっ」

氷のような目つきの西田屋甚右衛門に上島常也が震えた。

「もう許してやってくれぬか」

緋之介は、西田屋甚右衛門が本気ではないと見抜いていた。忘八たちから発せられている殺気がすさまじいために、目立たないが、西田屋甚右衛門から剣呑な気配は出ていなかった。ただ、上島常也にはそれを読むだけの素養がなかった。

「上島どの。あまりふざけたことをなさるものではない」

ゆっくりと緋之介は語った。

「う、うむ」

助かるとわかった上島常也の顔色が戻った。

「多くの村正がなぜ狙われているのかは、拙者にもわかりませぬ。また、水戸家にある村正は見ましたが、一瞥ではなんの仕掛けもございませなんだ」

「織江さま」

緋之介が話し始めた内容に、西田屋甚右衛門が驚いた。

「ここでなにもなく帰したら、次は水戸家に行きましょう。それくらい厚顔無恥でなければ、老中の留守居役は務まらぬでしょう」

「なるほど」

聞かされて西田屋甚右衛門が、納得した。

「上島どの、もう村正にはかかわられるな。多くの人が亡くなっている。あなたもまだ死にたくはあるまい」

「わ、わかった。で、ではごめん」

抑えていた忘八たちの腕がゆるむなり、上島常也は尻を蹴りあげんばかりの勢いで帰って行った。

「よろしいので」

唖然と見送っていた西田屋甚右衛門が、我に戻った。

「このままですむことではございませぬ。村正を狙っているのが、阿部豊後守どのではないことが知れただけでも収穫でござった」

緋之介は、損ではなかったと考えていた。

「なるほど、たしかに一つとはいえ、敵が絞りこめましたな」

首肯して西田屋甚右衛門が立った。

「そろそろお出かけのころあいでは」

「うむ。では、行って参る」

身支度を終えた緋之介は、まっすぐに水戸家中屋敷へと向かった。

ほうほうの体で吉原を逃げだした上島常也は、静かに怒りを燃やしていた。

「ふざけたまねをしおって、吉原風情が」

阿部家の一族でありながら、ふさわしい待遇を受けていない不満が上島常也の性根をねじまげていた。

「人でさえない連中が、よくもよくも」

だんだんと上島常也の口調が荒くなっていった。

「このままですむと思うな」

頰をひきつらせたまま、上島常也は帰邸した阿部豊後守へ村正の一件だけを告げた。

「ほう。村正か」

聞いた阿部豊後守が、目を少し大きくした。

「越前だけではなく、水戸にも村正があるというのか」

「のようで」

阿部豊後守から顔をそらしたまま、上島常也が首肯した。

「そなた痛い目にあったな」

小さく阿部豊後守が笑った。

「なっ……」

あわてて上島常也が首をあげた。

「顔に出ておるわ。未熟にもほどがある。むだに歳ばかりくいおって。そのようなことでは家老になるどころか、留守居役さえ続けられぬぞ」

阿部豊後守がさげすんだ。

「悔しければ、水戸の村正を手に入れてみせよ。みごとしてのければ、国元へ帰し、家老の席に就かせてやろう」

餌を阿部豊後守がちらつかせた。

「のちに否やはございますまいな」

「うむ。ただし、失敗したときは相応の処罰を覚悟せよ」

言い終わると、阿部豊後守は犬を追うように手を振って上島常也を下がらせた。

「村正か。家光さまご存命のころに一度だけ見たことがある。あれは、駿河(するが)大納言忠長から所領を召しあげた直後であったか。秀忠めが、家光さまと我らを西の丸に呼びだしたおりだったな」

あやうく家光ではなく弟忠長に将軍の座を渡しそうになった二代将軍秀忠のことを阿部豊後守は嫌っていた。

「真っ赤に怒りながら、秀忠はこう申しおった。この村正は家康さまから将軍家へ受けついで行けと渡されたもの。天下を譲れなかった代わりにと忠長にくれてやったが、それも無駄となった。逆順を為(な)すという村正は、みごと忠長にも祟ってくれたわ。謀(む)反(ほん)を理由に所領を奪ったとは、後に忠長を殺すつもりであろう。そう言って秀忠は目の前で村正を叩き折った」

用意していた槌(つち)で秀忠が村正をへし折った。

「父は、ここまでして儂(わし)の血筋を絶やしたかったのか。そう血を吐くように秀忠が言ったが、なんのことか未(いま)だにわからぬ」

阿部豊後守が首をかしげた。

「しかし、将軍家に害をおよぼす村正が、残っておるというのは問題じゃの」

冷たい施政者の顔で阿部豊後守が独りごちた。

三

紀州家には代々根来忍者がつけられていた。

「村正は神田館にある。取りもどして参れ」

頼宣の命を受けた根来衆が、江戸の町へと散った。

根来衆は戦国のころ、全国津々浦々に信者を作り、その団結をもってあちこちで領主に叛乱を起こした僧兵の流れをくんだ乱破（らっぱ）であった。

山伏に端を発する根来衆は、密教を主体とした精神修養を身につけ、なにごとにも動じぬ心と、峻険な山岳を跳びまわる頑強な肉体を誇っていた。

天下統一を目指した織田家に長く抵抗した根来衆だったが、ときの流れには勝てず、ついに仏敵とまで憎んだ信長の軍門に下った。その後、根来衆は天下人の移り変わりにあわせて主を替え、今は根来を領地に持つ紀州藩主頼宣の配下となっていた。

忍の活躍は夜と思われがちだが、その実、日中こそ実力を発揮した。

人が多いほど、世間が明るいほど、その目をごまかすことは容易なのだ。

紀州根来組から選ばれた二人が、神田の館林邸に向かった。

「どこにあると思われる」

目的とした相手にしか聞こえない忍独特の発声法で根来衆の一人が同輩に声をかけた。

「なんのために村正を狙ったか次第だ」

「宰相が命だと」

「どうであろう。宰相はまだ十七歳という。ありえぬことではないが、ちとな」

村正奪取は徳川綱吉の口から出たものとは思いがたいと、年嵩の根来衆が言った。

「となると、傅育の二人があやしい」

「うむ。牧野備後守と本庄宮内小輔。二人で組んだと考えるが普通であろう。なかなか御三家を襲うなど、家老一人でできることではない」

商家の手代風に変装した二人の根来衆は、江戸城に近い神田へと着いた。

「神田館の警衛は……」

　さりげなく館の周りを一周した二人は、まったく無警戒な状態に驚いた。

「五代将軍になるやも知れぬというに、甘いな」

「うむ。殿が宰相さまの首をお望みならば、拙僧一人でできよう」

　もとが僧侶であったなごりか、根来衆は己のことを拙僧と称した。

「殿にそのような気はない。天下は望まれておらぬ。もし、将軍になられるおつもりがあれば、秀忠さまが逝去されたときに我らへとご命がくだったであろう。家光さまの寿命をちょうだいせよとな」

　年嵩の根来衆が首を振った。

「残念なことだ」

　若い根来衆が嘆息した。

「殿が天下人になられれば、我らも少しは出世できるであろうに」

　任の性質上、直接頼宣と会い話もできるが、根来衆の身分は同心であった。

「与力にあげてもらい、禄を二百石にしてもらってみろ。お手元金から出るお手当は止められるぞ。それだけではない。今は同心ゆえ免除されている格式や慣例をしなければならなくなる」

かえって面倒になると年嵩の根来衆が忠告した。

「それはちょっと遠慮したいな」

にこやかに談笑しながら、得意先回りをしているような二人だったが、しっかりと見張られていた。

「目の配りが、忍だな」

小さな声でささやいたのは、神田館の門前に立っている足軽であった。

「うむ。腰の動きも町人ではない」

応えたのは、館前を掃いている小者であった。

「どこの手の者かの」

足軽が訊いた。

「さあ、おそらくは村正を奪われた大名のどこかであろうが。そのようなことは捕まえてから責めればすむこと。我ら黒鍬衆(くろくわ)には穴蔵責めがある」

「たしかに」

口をわずかに動かすこともなく、二人は会話した。

「どうする」

「今はまずい。さすがに昼の路上で動くのは人目がありすぎる」

小者が足軽を止めた。

「取り返してこいと主に言いつけられたのだろう。ほうっておいたら、勝手になかへ入ってくれよう。館内なら、誰に遠慮も要らぬ」

「たしかにそうじゃ。では、待つとするか」

足軽は、くたびれたように首を左右に振ってみせた。

根来衆の二人は、神田館の南西角で足を止めた。

「ここだな」

周囲をうかがいながら年嵩の根来衆がささやいた。

譜代大名、名門の旗本たちの屋敷が建ちならぶ南西から南は、人どおりもあまりなく、塀も高いため、一度なかへ入ってしまうと外から見られるおそれはなかった。

「では拙僧から」

若い根来衆が、少し塀から離れた。

「おう」

年嵩の根来衆が、腰を落として両手を前で組んだ。

「…………」

無言で若い根来衆が走り、組まれた手に足をかけた。

「ぬっ」

小さな気合いを口のなかに漏らして、年嵩の根来衆が両手にのった足を持ちあげた。

着物のはためく音だけを残して、若い根来衆が塀の向こうへと消えた。

煙草をゆっくりと一服するほどの間がして、塀の向こうから帯が垂らされてきた。

帯を見て、場所を確認した年嵩の根来衆が、手にしていた荷物を投げた。

続いて、年嵩の根来衆が帯をたよりに塀を登った。

「大丈夫でござる」

下から若い根来衆の合図が来た。

「…………」

塀の上でうずくまっていた年嵩の根来衆が、庭へと降りた。

「藩士に放下するぞ」

放下とは、衣服や髪型を替えて変装することである。

「承知」

　二人は小袖を裏返した。表と裏で模様が違っていた。

　裏は目の細かい縞柄模様になっており、荷物から取りだした小倉袴を身につけ、脇差を腰にさし、髷を結いなおせば、非番の藩士のできあがりであった。

「参るぞ」

　隠れることなく年嵩の根来衆が、歩きはじめた。

　藩士に扮した以上、あまりあちこちに眼をやったりしては、かえって目立ってしまう。二十五万石の館林藩ともなると江戸詰の藩士だけで七百人近いのだ。しかも館林藩は歴史も浅く、累代の家臣というのがいなかった。藩士同士全部が知り合いということはありえなかった。どうどうとしていれば、注意を引かずにすむ。

「ごめんくださいませ」

　庭から出てきた二人の根来衆の前に、竹箒を持った小者が姿を見せ、あわてて道を譲った。

「うむ」

「ごくろうだな」

鷹揚に応対して行きすぎた二人は、背後から吹き矢の一撃を受けた。

「くっ」

後ろにいた若い根来衆は避けられず、首筋に吹き矢を打ちこまれて昏倒した。

「しまった」

仲間が盾となったおかげでなんとか初撃から逃れられた年嵩の根来衆は、己が囲まれていることに気づいた。

「…………」

降伏を勧める言葉もなく、館林藩の黒鍬者が襲いかかってきた。どのような勧告も意味がないことは、忍同士よくわかっていた。

忍を捕らえるには、逃げられぬように両足を奪い、抵抗させぬように両腕を潰すしかないのだ。

根来衆を包みこんだ黒鍬者の手には四尺（約一・二メートル）ほどの棒が握られていた。棒は刀や槍よりもやっかいな武器であった。なまじ刃をもたないだけに、どの部分でも攻撃に使えるうえ、当たれば確実に骨を折るだけの威力があった。

うなりをたてて棒が振られた。

「はっ」

四方から襲い来る棒を、年嵩の根来衆はかろうじてかわした。

しかし、息つく間も与えず、棒は連続して襲いかかってきた。太刀よりも長く、遠い間合いからくりだしてくる。なんとか二回避けた根来衆だったが、反撃する余裕はなかった。

「さわがしい、なんぞ」

庭での闘争に気づいて、本庄宮内小輔が縁側に出てきた。

「しばし、屋内にてお待ちを。曲者でございますれば」

小者姿の黒鍬者が応えた。

「曲者か。よし、殺すでないぞ。捕らえて、どこの手の者かきっと吐かせるのじゃ」

本庄宮内小輔が命じた。

「承知つかまつりましてございまする」

指揮をしていた小者姿の黒鍬者が受けた。

水平に振られていた棒が不意に変化した。

袈裟懸けのように右上から左下、左下から右上と斜めになった。

「……つっ」

上下に動くことで水平の棒を避けていた根来衆だったが、こうなっては逃げ場はなかった。

右からすくうように上がってきた棒をのけぞって躱した根来衆の左肩に、次の棒が振りおろされた。

「ぐっ」

鈍い音がして、肩の骨が折れ、ついに根来衆が膝を突いた。

「でかした。取り押さえよ」

縁側から見ていた本庄宮内小輔が誉めたとき、根来衆が懐に手を入れ小さな竹筒を取りだした。

「いけ」

震える左手で根来衆は竹筒を己の膝に打ちあてた。たちまちに白煙があがった。

「爆裂か」

囲んでいた黒鍬者が伏せた。

ひとしきり煙が出たが、それ以上のことは起こらなかった。

「風を」

小者姿の黒鍬者の命で、何人かが羽織を脱いでうちわのようにあおいだ。すぐに煙は薄らぎ、地に倒れ伏している根来衆が見えた。

「狼煙か」

ようやく根来衆の意図に黒鍬者が気づいた。

「こちらも息絶えておりまする」

若い根来衆のかたわらに屈みこんでいた黒鍬者が告げた。

「なに、しびれ薬で半日は人事不省のはず」

小者姿の黒鍬者が驚愕した。

「これは……首筋に小さな針が」

詳細に調べていた黒鍬者が、報告した。

「いつのまに……逃げだそうともせず、乾坤一擲の反撃にも出ぬと思っていたら、仲間の口を封じたか」

感嘆のうめきを小者姿の黒鍬者が口にした。

「なにがどうなったのだ」

事情のわからぬ本庄宮内小輔が、いらだちの声をあげた。

「はっ」

あわてて小者姿の黒鍬者が、縁側近くに駆けよって膝を突いた。

「黒鍬衆頭、八代久也と申しまする」

まず八代が名のった。

「黒鍬者か。小屋権兵衛の配下か」

「いえ。小屋の誘いにはのりましたが、下役ではございませぬ」

きっぱりと八代が言った。

「お館さまが、上様になられれば、侍身分におとりたていただけると聞き、小屋に与したただけでございまする」

「ふむ。その面構え気に入ったぞ。八代と申したの。縁側まで許す」

本庄宮内小輔は、そう言って座敷へと引いた。

「おい」

同じように平伏していた黒鍬者たちがざわめいた。

武田信玄の金山衆から発生した黒鍬者は、幕府において武士ではなかった。名字はあるとはいえ、公の場で名のることは許されず、刀を差すこともできなかった。寒中といえども袴の股だちを取り、毛ずねもあらわなわらじ履きで、雨が降っても傘をさすことも認められなかった。

黒鍬者は幕府の中間、小者あつかいであった。

武士でない黒鍬者を縁側に招いた、それは大きな衝撃であった。

「ご、ご無礼つかまつる」

気概を持って受け答えしていた八代も、遠慮がちに縁側へとあがった。

「見知っておろうが、儂が宰相さまの傅役本庄宮内小輔である」

「ははっ」

さきほどまでの勢いは、八代から失われていた。

「まず、曲者の顚末を話せ」

「はっ」

本庄宮内小輔にうながされて、八代が二人の根来衆に気づいてからのことを語った。

「では、あの煙は仲間への報せだと申すのか」

「おそらく。忍というのは、生きて帰ることが仕事でございまする。いかに深くまで忍びこみ、重要な機密を握ったとて、報告できずに死んでしまえば、まったく役にたたないのも同じでございますれば」

「まさにそのとおりよな。そなた小屋とはずいぶん違うようだ。小屋は儂に詳しいことを報さぬ」

不満を本庄宮内小輔が漏らした。

「越前の村正を奪いそこねた一件でもそうじゃ。どのような次第かは告げぬ。結果のみ。先日の水戸のことでも同じ。小屋はどうも功績を独り占めしたがるきらいがある」

「はずされた一族でございますれば、無理もないかと」

「今の上様に連なっておりながら、小者のままで置かれていることか。確かに、小屋の妻は家綱さまご母堂宝樹院(ほうじゅいん)さまの縁者にあたるとはいえ、百姓の出では、どのように引きあげてもやれぬ」

本庄宮内小輔は、小屋の不服を知っていた。

「しばらく辛抱いたし、お館さまが本丸へお入りになられれば、いかようにでも引きあげてやれるのだ。そのためには、お仕えしている者皆が一心にならねばならぬ。それがわかっておらぬ」

「仰せのとおりでございまする」

　聞いていた八代が首肯した。

「話を戻すが、あの曲者どもの正体はわからぬのか」

「調べては見まするが、おそらく身元の知れるようなものは、なにひとつ持ってはおらぬと思われまする。我らも外働きのおりは、そのようにいたしますれば」

　八代が首を振った。

「そうか。主が知れれば、そやつを脅しあげてくれることができたものを。おそらく村正を奪われた紀州か尾張であろうが、確たる証拠がなくば、かえって喰いこまれることにもなりかねぬ。お館さまにとってだいじなときゆえ、無謀なまねはよほどのおりまで控えねばならぬ」

「なんとか探索をいたしてみましょうほどに。なかなか手際のよい最後ではございましたが、我らが待ちかまえているところに入りこむていどの者。そのような者が警固している屋敷ならば、いくらでも探りようもございまする」

　自慢げに八代が胸を張った。

「うむ。そなたたちならしてのけてくれよう。どうじゃ、小屋ではなく、余に与せぬか。悪いようにはせぬぞ」

確たる約束なしに、本庄宮内小輔が誘った。

「よしなにお願い申しあげまする」

館林藩を実質支配している本庄宮内小輔の言葉にさからうことはできなかった。平伏した八代に合わせて、背後の黒鍬者も額を地につけた。

「さっそくだが、小野次郎右衛門忠常の屋敷へ忍べ。なんでもよい、瑕瑾を見つけだせ」

「将軍家剣術指南役の小野次郎右衛門どのでございますか」

予想外の相手に、八代が確認した。

「うむ。小野次郎右衛門忠常とその息友悟は、我がお館さまをこころよく思っておらぬ。家綱さまの盾となるような輩は、お館さまの邪魔になる」

「ならば、始末を」

「殺してはならぬ。将軍家剣術指南役が変死したとあっては、目付どもが黙っておらぬ。目付どもになにがわかると思うだろうが、上手の手から水が漏れるという。なるべくことは目立たぬが肝心なのだ。ゆえに傷を見つけだし、将軍家の身辺警固たる書院番からおろしたいのだ。そうなれば、名誉役になりさがった将軍家剣術指南役も辞任せざるをえまい」

「深慮遠謀、おそれいりましてございまする」

八代が追従を述べた。

「無役ならば、殺すこともできる。無役ならばな」

意味深に本庄宮内小輔が、口にした。

「……無役でございますな」

言われて八代は、小さく笑った。


根来衆があげたのろしは、かすかなものであったが、十分にその用をなした。

「やられたか。侮れぬな」

神田川沿いで、冷水売りの屋台を出していた男がつぶやいた。

「どこの忍ぞ。二人とはいえ、根来衆を始末してのけるとは」

男は、ゆっくりとしたそぶりで冷水売りの屋台を片づけ始めた。

「水屋、一杯くれ。暑いなあ」

道具箱を肩にしょった職人が、声をかけてきた。

「へい。今日はとくにきびしゅうござんすねえ」

ふちの欠けた茶碗に瓶から水を注いで、男が職人に差しだした。

「おう。金はここに置くぜ」

受けとった職人が、屋台の前に出してある椅子代わりの醬油樽（しょうゆだる）の上に四文の銭を置いた。

「どうも」

そそくさと銭をしまって、男が愛想笑いをした。

「うめええ。甘（あめ）えじゃねえか」

飲み干した職人が、驚いた。

「薩摩（さつま）名産の黍（きび）が漬けこんでござんすで」

「そりゃあ豪儀だ。おめえ、いつもここに店出してるのかい」

「どこと決めてはおりやせんが、神田から浅草、両国あたりをうろうろといたしておりやす」

職人の問いに、男が応えた。

「ここにしてくんな。しばらく普請場が駿河町なんでなあ。毎日通るからよ」

「へい。そうおっしゃるなら、明日もここに」

男が手をもみながらうなずいた。

「頼んだぜ」

一息入れた職人が、去っていった。

「ごひいきに」

ふところの銭を数えなおす振りをしながら、館林藩邸へと目をやった男は、さりげなく顔をそらした。

神田館の潜りを開けて数名の藩士が出てきた。

「いくぞ」

声をかけたのは八代であった。

「小野が道場はすぐそこの九段下ぞ。三村、大迫、丁子。きさまたちは小野次郎右衛門を探れ」

「承知」

呼ばれた黒鍬者が首肯した。

「残りは、儂とともに御三家を探る。お館さまの敵となるのは、紀州と尾張じゃ。水戸は将軍になることができぬゆえ、相手にせずともよい」

すぐ側でないと判別できないほどの小声だったが、水売りの男はしっかりその唇の動きを読んでいた。

「では、いけ」

八代の声で黒鍬者は二手に分かれた。

「ふむ。お屋敷を窺うと申したな。今度はこちらが捕らえる番よ」

水売りの男は、屋台をたたむと疲れた足取りで、神田川を渡った。

四

館林藩神田館から九段下の小野派一刀流道場までは、指呼の間である。三人の黒鍬者は、日が暮れる前に道場近くに到達し、息を殺して夜を待っていた。

「小野次郎右衛門忠常といえば、当代きっての遣い手だと聞く」

隣家の屋根から、小野家を見おろして三村が口を開いた。

「申したところで、剣術遣い。黒鍬衆の敵ではない。一対一なら、宮本武蔵でも勝ってみせるわ」

丁子がうそぶいた。

「忍の技にまさるものなしぞ」

目を閉じて気息を整えていた大迫も同意した。

「剣術遣いといえども、人。夜の闇ではひごろの力も出せぬ。甲州の山奥に潜み、熊や毒蛇を除けてきた我ら黒鍬衆にとって、夜の闇は慣れたもの。我が家にひとしい」

大迫が続けた。

「そうよな。ならば、日暮れを待って忍びこむぞ。目指すは小野次郎右衛門忠常が居間である書斎」

うなずいた三村が言った。

「主の書斎は中庭に面し、南面しているのが普通。おそらく、あのあたり」

三村の指さすほうを、残り二人が見た。

「丁子、貴公はここで見張りを。万一あれば、八代どのに報せをな」

「承知」

忍の行動には、かならず見張役が付いた。これは、任務の成否だけではなく、敵の強弱を報せるためでもあった。

「儂が小野次郎右衛門への見張りをおこなう。大迫、貴公が書付などを探ってくれ」

「おまかせあれ」

大迫が胸を叩いた。

「準備をな」

屋根の上に腹這いとなったままで、三村と大迫が着替えた。赤黒い忍装束、顔には目だけを残して同じ色の布を巻いた。

「そろそろよかろう。では、参るぞ」

三村の合図で、二人は小野次郎右衛門忠常の屋敷へと侵入した。

旗本の屋敷はどことも同じ構造であった。旗本の屋敷は幕府からの貸与というのが建前であり、その建築はすべて作事奉行の任であった。

もちろん、与えられた屋敷地に新築することもあったが、この場合でも普請は作事奉行に届け出て、その配下の監督のもとにおこなうのが慣例となっていた。

黒鍬者は、幕府いっさいの雑用にかかわる。屋敷の新築や、移転などにもたずさわることが多く、造りや配置に精通していた。

「木の葉を出せ」

音もなく屋根に降りたった三村が、大迫に命じた。

「任せられよ」

うなずいて、懐から掌くらいの大きさの道具を、大迫が取りだした。これは木の葉の形に似ていることから、そう称されている小型のこぎりであった。山暮らしが長い黒鍬者の先祖たちは、道具をいかに軽くするかに苦心し、いろいろな形のものをつくり出していた。

明暦の大火の教訓から、大名や高禄の旗本屋敷などは瓦屋根に替わりつつあったが、かなりの費用がかかることから、ほとんどが板屋根のままであった。

かすかな音をたてて、一尺（約三〇センチメートル）四方の穴が開けられた。

「…………」

無言で三村が穴へと入った。大迫も続いた。

屋根の梁を這うようにして進んだ二人は、すぐに目的の部屋を見つけた。

目配せで、三村が天井板を指さし、大迫がそっとそれをずらした。

下をのぞいた三村が小さな声で言った。

「いないな」

「いくぞ。急げ」

三村が天井板を大きく動かし、隙間を広くした。大迫が音もなく、そこから床へと降りた。

後を追って三村も降りた。

「引き戸のなかも忘れるな」

「わかっておる」

大迫が、腰につけている袋から折りたたみのがん灯を取り出し、小さな小指ほどの蠟燭を立てた。

がん灯は、桶のような形をした灯りである。銅でできた桶の中央に蠟燭を立て、磨きあげた内面に反射した光を前方にのみ放射することで、灯りを漏らすことなく、特定の方向だけ明るくすることができる。

黒鍬者が取りだしたのは、坑道でも使いやすいように、かなり小さくできていた。

「…………」

静かに、大迫が小野次郎右衛門の部屋を荒らし始めた。

「後片付けがたいへんだな」

道場で長男忠於と稽古していた小野次郎右衛門が、つぶやいた。

「屋根の修繕もいたさねばなりませぬ」

忠於も嘆息した。

屋敷と道場は廊下で繋がってはいたが、別棟である。その距離をものともせずに、小野次郎右衛門と長男忠於は、黒鍬者の侵入をさとっていた。

「盗賊でございましょうか」

耳をすませていた忠於が問うた。

「いや、夜盗にしては、気配を断ちすぎておる。おそらくは忍であろう」

的確に小野次郎右衛門は侵入者の正体を見抜いていた。

「忍とは、いまどき珍しゅうございますな」

興味深げに忠於の眼が光った。

「戦国ほどではないが、忍はまだ残っておるぞ。もっともずいぶんと技のきれは落ちていようがの。始祖小野忠明さまは、何度か忍と刃をかわされていたという」

「どうなったのでございましょう」

ぐっと身体を伸ばして忠於が訊いた。

「勝たれたに決まっておろう。でなくば、我らはここにおらぬわ。始祖さまのお話によると、忍との勝負は驚きとの戦いだそうだ」

「驚きでございますか」

「うむ。手裏剣、爆裂弾、吹き矢と次になにが出てくるか予想もつかぬそうじゃ。それだけならまだよいが、忍というのは名を重んじぬ。勝つためならどのようなことでもやってのけるらしい。それこそ尋常の勝負と思わせておいて、数名で囲むことは当然、まったくかかわりのない通行人を盾にするのも平気。生き残るためならどのような手段でもとってくるそうじゃ」

くわしく訊きたがる息子忠於へ、小野次郎右衛門は応えた。

「卑怯未練なことをしてくると」

「そうじゃ」

忠於の確認に小野次郎右衛門が首肯した。

「さて、忠於、忍と仕合うとなったとき、そなたならどうする」

小野次郎右衛門が問うた。

「腰を据えて、真っ向から一の太刀で相手いたしまする。威の位に勝つ者はございませぬ」

胸を張って忠於が宣した。

威の位とは一刀流極意の太刀であった。始祖小野忠明が、瓶に潜んだ敵をそのまま両断したという必殺の太刀である。太刀を上段に構え、全身全霊の気迫をもって、敵を射竦めるのだ。遣い手の威の位を受けた敵は、蛇ににらまれた蛙のごとく射竦められ、身動きできなくなり、抵抗することなく倒されることになる。

まさに必殺の一刀であった。

「……たわけが。剣術遣いとしての答えではないわ。いや、このようになってしまったのは、世の流れか」

大きく小野次郎右衛門が嘆息した。

「友悟の生き方がよいわけではない。したが、友悟は剣術遣いである」

「どういうことでございましょう」

言われた忠於が訊きかえした。

「剣とはなんぞ」

ぎゃくに小野次郎右衛門が質問した。

「主君の身をお護りするためのものと心得おりまする」

回答した忠於を小野次郎右衛門が、怒鳴った。

「馬鹿者」

「旗本としては正しい。なれど、剣術遣いとしては論外ぞ。忠於、剣はただ人を殺す道具なり。そして剣術遣いは人殺しの上手である」

「父上」

小野次郎右衛門の言葉に忠於が絶句した。

「技や精神と言いだした術は腐る。取りつくろったところで、剣術にしても槍弓術（そうきゅう）にしても、いかにうまく人を殺すかの集大成じゃ。実戦が遠くなった泰平の世となれば、人殺しの術は不要となる。となれば、術は使われなくなり、滅びるしかない。剣術遣いも生きては行けぬ。それを防ぐために、こころの修行とか、剣禅一致などと言いだし、弟子集めをしはじめたのだ。剣術はいまや生きていく術になった。これはこれでいい。しかし、武家の統領たる将軍家のお手直しをする小野はそうであってはならぬのだ。いさぎよく死ぬなど論外ぞ。我らがお教えする将軍は総大将。たとえ泥水を飲み、血を吐いてでも生き延びて貰わねば、軍陣は総崩れとなろう」

「…………」

「いわば、剣術指南役は、生き残る術を将軍家にお伝えするのだ。その剣術指南役が、形や技にこだわっては本末転倒。そなたはいずれ、小野家の当主となり、将軍家剣術指南役となるのだ。肚をすえよ。忠於、そなたも気づいておろう。友悟が変わったことを」

「……はい」

忠於も緋之介と稽古をすることで、弟の変化を感じていた。

「生き残ることに友悟は決めた。多くの人の想いを背にしての。おそらく、儂よりも重い覚悟であろう」

「父上より」

忠於が目を剝いた。

「うむ。見ているがいい。あいつをな」

跡継ぎに語り終えると、小野次郎右衛門は手にしていた木刀を脇差に換えた。室内での戦闘では、柱や天井、梁などに当てないよう、寸の短い脇差を使用するのが心得ごとであった。

「そろそろ片づけねばなるまい。我が居間ならば、いくら探られたところでなにも出ぬが、仏間はちとまずい」

「まさに」

急いで忠於も脇差を持った。

小野家の仏間は二つあった。代を重ねてきた小野家の先祖を祀るものと、始祖忠明が死合で殺してきた相手を回向するための部屋である。

剣術遣いなれば、人を斬ったことがあるのは当然であり、その菩提を弔う仏間なら、問題ないように見えるが、そうではなかった。

小野家の仏間に並べられている位牌には、小野忠明が将軍家剣術指南役となってから倒した者もあったのだ。

もちろん挑まれた正式な仕合である場合や、襲われて反撃したものなどは、大丈夫である。しかし、生涯二百人以上を斬っておきながら、死の瞬間にまだ斬りたらぬと叫んだ小野忠明は、それだけではすまなかった。

さすがに罪のない庶民を襲いはしなかったが、修行を積んだ剣術家と見ると、喧嘩(けんか)をふっかけ、真剣勝負に持ちこんでは斬り殺したのだ。

小野忠明は剣に狂い、人を斬り続けた。とても誉(ほ)められたことではなかった。

「始祖さまのしてのけたこと、知らぬ存ぜぬではとおらぬからな」

苦い顔を小野次郎右衛門は浮かべた。

ひとしきり書院を調べた二人は、顔を見あわせた。

「なにもないぞ」

「知られてはまずいものを隠すとならば、あとどこだ」

「蔵か、仏間であろう」

三村の質問に大迫は言った。

「庭に出ねばならぬゆえ、蔵は後回しだ。仏間を」

音もなく二人は書斎を後にした。

「ここらしいが、やけにでかいな」

書院から少し離れた仏間は、線香の匂いですぐに見つかった。

「開けるぞ」

「うむ」

大迫がなかの気配をうかがいつつ、襖を開けた。

「な、なんだこれは」

仏間に入った三村が驚愕した。

蠟燭の灯りに照らされた部屋には、いくつもの段が設けられ、無数の位牌が並んでいた。

「いくつあるのだ。百ではきかぬぞ」

「見ろ、この位牌を。俗名閑谷源右衛門、陰流、讃岐丸亀、慶長五年（一六〇〇）。これは……」

「小野家が倒してきた者たちの……」

二人が息をのんだ。

「ああ」

蠟燭の揺らぎのなかに浮かびあがる無数の位牌は、あまりに不気味である。獣たちのいる山中で過ごすことを何とも思わない黒鍬者が、小さく震えた。

「山は命にあふれているが、ここは死に満ちている」

「……おいっ」

大迫の恐れを、三村が断った。

「この位牌から手前を見ろ。元和以降のものがある」

「それがどうかしたのか」

興奮する三村に、大迫が首をかしげた。

「正当な仕合でないものがあるやも知れぬ。将軍家剣術指南流は、いわば王者の剣ぞ。それが浪人者のように、ただ人を斬っていたとなれば、問題になることは必定」

「なるほど。これは使えるな。いくつかの位牌を持って帰り、町奉行所や代官所の記録と照らしあわせてみよう。もしそのなかに旗本、あるいは御家人がおれば……」

うなずいた大迫が、位牌をつかもうとした。

「死者はそっとしておいていただきたいな」

背後からかけられた声に、大迫と三村が凍りついた。

「ば、ばかな。気配などなかったぞ」

振り返った三村が絶句した。一人小野次郎右衛門が廊下に立っていた。

「屋根と天井板の修繕費用はどこに請求すればいいかの」

小野次郎右衛門は、世間話をするように問うた。

「…………」

無言で大迫が抜き撃ってきた。あわせるように三村が懐から手裏剣を取りだして投げつけてきた。

「ほい」

半歩斜めに下がるだけで小野次郎右衛門が、大迫の一撃と三村の手裏剣をかわした。

「はっ」

最初の攻撃ははずされるものと読んでいたかのように、よどみなく大迫が蹴ってきた。さらにその陰から三村が刀を突いた。

「ふっ」

小さく笑って、小野次郎右衛門はそれにも空を斬らせた。

勢いを残したまま、大迫が刀を手に突っこんできた。だが、三村は追随せず、ぎゃくに下がり、位牌を狙った。

「死者に触れるなと申したはずだが」

意図を見抜いた小野次郎右衛門が、手にしていた脇差で大迫の刀を弾いた。

「ぐっ……」

刀を叩かれるように打たれ、手がしびれた大迫の体勢が崩れた。生まれたわずかな隙間に小野次郎右衛門は、煙のように入りこんだ。大迫の脇を通り抜け、小野次郎右衛門が脇差を振った。

「えっ」

位牌へ手を伸ばした三村は、届かないことに驚いた。続いて己の右手がやけに軽いことに気づいた。

「どう……」

腕に目をやって三村は、声を失った。肘から先が失われていた。

「……ぬん」

仲間の惨状にとまどうことなく、背中を向けた小野次郎右衛門へ、身体を回した大迫が追い撃ちをかけた。小野次郎右衛門が見せた唯一の隙であった。

部屋の外で後詰めを命じられた忠於が、おもわず身を乗り出しそうになったほど鋭い一閃だった。

「父上」

見ていた忠於が、目を疑った。小野次郎右衛門は、三村の肘を飛ばした一刀をそのまま肩だけで回して背後を薙いだのだ。

「ぎゃっ」

浅いとはいえ、急所の一つ胸の骨を真横に斬られて、大迫が苦鳴を漏らした。

「逃げよ」

肘から血をまき散らしながら、三村が小野次郎右衛門にしがみついた。

言われた大迫が、背中を向けた。

「忠於」

小野次郎右衛門が名前を呼んだ。

「承知」

廊下へ出た大迫が止まった。

「成仏せよ」

忠於が脇差を電光の疾さで突いた。

胸から刃を生やし、白目を剝いて、大迫がゆっくりと崩れた。

「おのれ、せめて、おまえだけでも」

三村が、無事な左手を懐に入れた。黒鍬衆はもともと山師である。埋もれた鉱脈を見つけだすのに爆薬を使っていた。

すばやく懐から小さな袋を取り出すと、三村は数えきれないほどある蠟燭目がけて投げつけた。三村の目に炎に吸いこまれていく袋が映り、瞳が真っ赤に染まった。

重い音をたてて、三村の首が落ちた。三村が最後に見たのは、爆発の炎ではなく、己の首から噴き上げる血の色だった。

「火遊びはさせぬ」

「父上」

あわてて入ってきた忠於が、言葉を失った。

三村の向こう、火薬の入った袋を投げたほうに並んでいた蠟燭が光を失っていた。

小野次郎右衛門は、三村の首を跳ばした剣風で蠟燭の火を消して見せたのだ。

「わかったか。忍にとって己の命も手段でしかないのだ」

返り血を浴びた稽古着の袖で脇差を拭(ぬぐ)いながら、小野次郎右衛門が告げた。

「……はい」

初めて見る父のすさまじいまでの剣に、忠於が小さく震えていた。

第四章　闇の一閃

一

将軍家綱の体調が悪化した。まさに乳母日傘で育てられた家綱にとって、江戸城から出ることは、かなり疲れることであった。

当初、ただの暑気あたりと考えられていたが、食欲不振から始まった病状は重くなり、発熱、嘔吐、悪心と症状が増え、ついに家綱は寝ついてしまった。

大奥へ戻ることもできず、家綱は将軍御座の間でうめいていた。

「奥医師、なにをしておる」

家綱の枕元で阿部豊後守が、不機嫌な顔をした。

「いろいろとお薬をさしあげてはおるのでございますが」

夜具の足下に控えていた奥医師が首をすくめた。

「上様のお身体を看られず、なんの奥医師か。万一のことあらば、お役御免ではすまぬぞ。その首、胴についておらぬと思え」

「今、今少しご猶予を」

にらみつけられた奥医師が、あわてて同僚と意見をかわすために控え室へと下がった。

「役立たずどもが」

吐き捨てるように言って、阿部豊後守が腰をあげた。

「お小姓衆、上様を任せる」

「はっ。身命を賭しまして」

小姓組の応えを満足そうに聞いて、阿部豊後守は御座の間を出た。

御座の間から、老中の執務場所である御用部屋までは近い。

「いかがでございますか。上様のご様態は」

戻ってきた阿部豊後守に、堀田備中守が訊いた。奏者番の役目は、将軍へ目通りする大名の取りつぎである。家綱の体調がすぐれない今、代理を務める阿部豊後守のもとへやって来ていた。

「ご快復に向かわれておられる。お床離れもまもなくでござろう」

阿部豊後守は、実態とまったく違うことを告げた。

「それは重畳。上様は武家を統べられるお方、やはりお健やかなお姿を一同の者にお見せいただかねば、示しがつきませぬゆえ」

わざとらしく堀田備中守が喜んで見せた。

「そうであるな」

堀田備中守の皮肉に対応することなく、阿部豊後守は執務に入った。

老中の任は多忙を極めていた。

もともと三河の大名でしかなかった徳川家の制度をそのまま踏襲した幕府の構造には、大きな矛盾があった。

幕府は全国を支配していながら、その政に必要な収入を徳川家の領国、いわゆる天領からの収入だけでおこなっていたのだ。

収入よりも支出がはるかに多いという状況は、やりくりだけでかなりの手間と人手が要った。

「豊後守さま。勘定衆伺い方より、日光東照宮への修繕費用見積もり書きが参っておりまする」

待っていた右筆宇野が、さっそく書付を阿部豊後守へと渡した。

御用部屋は将軍家御座の間よりも機密に満ちていた。出入りできる者は、老中、右筆と御用部屋坊主だけであり、若年寄といえども許可なく入室することはできなかった。

「家光さまの御廟所の補修か」

受け取った阿部豊後守が内容を読んだ。

慶安四年（一六五一）に死んだ家光は、徳川家の菩提寺である寛永寺、増上寺のどちらにも葬られていなかった。

己を将軍の地位に就けてくれた祖父家康を、家光は終生崇拝していた。ぎゃくに己ではなく弟忠長に三代将軍を譲りたがった父秀忠と母お江の方を心底憎んでいた。

こうして家光は、父母の墓がある江戸ではなく、祖父家康の側で永眠することを望んだのだ。

「うぅむ」

家光によって引き立てられた阿部豊後守である。その恩恵を十分に感じていたが、認めるにはあまりに費用が高すぎた。

「すこし減額させられぬか」

金額を見て阿部豊後守が宇野に尋ねた。

「先代上様は、神君家康さまの御廟所と対になるようにと遺言なされましたゆえ、修繕といえども木曾檜を用い、朱と金箔をふんだんに使用いたさねばなりませぬ」

問われて右筆が説明した。

右筆とは、ただの筆記役ではなかった。幕府にかかわる書付を作成し保管するだけに、そのすべてに精通していなければならなかった。また、老中の諮問に耐えるだけの学識も求められた。

「檜を現地で調達できぬか。そうできれば、荷駄だけでもかなり違ってくるが」

「木曾の檜は、尾張家からの献上でございまする。日光で調達いたすとなると、尾張家の面目を潰すことになりまする」

宇野が阿部豊後守の案を否定した。

「ふうむ。尾張の面目か」

阿部豊後守が天井を見た。

徳川御三家筆頭の尾張家を阿部豊後守は嫌っていた。

ことは、二代将軍秀忠の死にまでさかのぼる。

すでに将軍の地位を譲って隠居していた秀忠が危篤に陥った寛永九年（一六三二）、領国にいた尾張徳川家初代義直は、早馬で東海道を江戸へと駆けた。

無届けでの出府は重罪である。ことを知った松平伊豆守は、品川大木戸をこえたところで義直を待ち受けた。

「なぜに出府なされた」

騎乗の義直の手綱を押さえて訊いた松平伊豆守に、応えた義直の言葉が阿部豊後守の癇にふれたのだ。

「大御所さまが死去された今、御三家筆頭尾張家の当主たる余が、若き将軍家の後見として江戸城に入らねば、天下のおさまりはつかぬ」

義直はそううそぶいた。元和九年（一六二三）、秀忠は家光に将軍職を譲っていたが、大御所として西の丸に君臨し、幕政すべてに眼を光らせていた。すでに家光は二

十歳になっていたが、将軍としての実権は何一つ与えられず、皆そのことを知ってい
た。
「将軍家には、我ら執政衆がついておりまする。神君家康さまのお血筋とは申せ、す
でに三代を重ね、ご連枝の一家でしかござらぬ。御三家筆頭といえどもただの大名。
無断出府なさるというなら、尾張を潰すつもりでなされよ。この品川の大木戸から向
こうは江戸でござる。さあ、お覚悟を」
戦国を知っている武将相手に松平伊豆守は一歩も退かなかった。
「……松平伊豆守と申したの」
馬上から義直が松平伊豆守を見おろした。
「その気概あれば、幕府もご安泰であろう。けっこうなことだ。では、上様のこと任
せたぞ」
義直は負け惜しみを残して去ったが、この一件で尾張は幕府ににらまれることにな
った。
「面目と言うならば、尾張に荷駄も任せよう」
阿部豊後守が言った。

「それは……」

聞いた宇野が驚愕した。

幕府御用とは、あらかじめこのようなことをするとかかわりのありそうな藩へと内々に報せることから始まるのが慣習であった。

耳打ちされた各藩の留守居役が、引き受けるか断るかを老職たちと相談し、その決定をもって対応に走り回るのだ。

根回しなしの幕府御用は、一種の罰則であった。

「尾張に罪科はございませぬが」

宇野が阿部豊後守の意見を止めにかかった。

格も低く、役高も少ない右筆にとって、御用部屋に出される案件の情報を流すことで得られる収入は大きなものであった。

どこの大名も内情の厳しい今、できるだけ幕府御用を避けたいと、情報提供と根回しを頼むために右筆に贈りものをしていた。

尾張もその例にもれなかった。とくに幕府ににらまれた経緯があるだけに、尾張家は他家以上の費用を右筆たちに渡していた。

「なにか不満があるのか」

わかっていながら阿部豊後守が言った。

「いえ。ですが、慣習に」

尾張家から相当なものをもらっているだけに、宇野はがんばった。

「武家諸法度に書かれているか」

阿部豊後守は、すでに宇野を見ていなかった。

「将軍家への忠誠があれば、尾張から申しあげてくるべき事柄であろう。それをこちらから教えてやるのじゃ。恨まれる筋合いではない。つぎの案件を」

もう阿部豊後守は、尾張のことを決めていた。

「……次は、先だっての安宅丸ご見学に伴う賞罰を目付方から伺いがあがっておりまする」

宇野はそれ以上言うと己の身が危なくなるとさとり、案件を変えた。

目付から回ってきた書付を阿部豊後守に手渡しながら、宇野がすばやく御用部屋坊主の一人に目配せした。

目配せを受けた御用部屋坊主がさりげなく、出て行った。

御用部屋坊主とは、城中の雑用全般を担う御殿坊主のなかから選ばれた者で、老中たちの使いから茶の接待などを担当した。

身分は幕府役人のなかでも低いが、老中に近いところに勤務することから、右筆同様余得の多い職であった。

御用部屋を出た坊主は、独特の小走りで廊下を進み、御三家の控え場所である大廊下上の間へと入った。

「等庵どのではないか」

見つけた尾張家当主右近衛権中納言光義が、手招きした。慶安三年（一六五〇）、光義は死去した父義直の跡を受け、二代藩主となっていた。

御殿坊主には代々親しくつきあう大名が決まっていた。御殿坊主たちは、その大名家から合力米を受けとったり、年始に祝いの式服と金を貰ったりするかわりに、なにかの便宜をはかるのだ。

お目見え以下の身分であるが、御殿坊主なしで大名たちは茶すら飲めなかった。大名でももっとも格式のある尾張家当主といえども、気を遣う相手であった。

「尾張の国主さま」

等庵が、光義に近づき、耳元で御用部屋の一件をささやいた。

「なんと、阿部豊後守どのが」

聞いた光義が、大きな声をあげた。

「いかがされたかの。権中納言どの」

畳一枚離れた下座で頼宣が声をかけた。

「いや、お騒がせした」

格上ながら歳下の光義が、ていねいに首をまげた。

「ならばけっこうでござる。いや、水戸どのお騒がせした」

首肯して頼宣は、さらに畳一枚下座の光圀に詫びた。

「…………」

無言でうなずきながら光圀は、聞き耳をたてた。緋之介と阿部豊後守の間に確執があることを知っている光圀は、聞き流すことができなかった。

「荷駄まで尾張でもてというか。荷駄は本来幕府普請奉行の任ではないか」

光義の声が大きくなった。

「尾張さま。おたいらに」

あわてて等庵が、光義を抑えた。

「うむ。粗相であった。そうか。等庵どの。お報せいただき感謝しておる」

光義が、等庵に礼を述べた。

等庵の去るのを待って、頼宣が光義に話しかけた。

「いかがなされた、権中納言どのよ」

「いや、なんでもございませぬ」

光義が、説明を拒否した。

「阿部豊後守の名前が聞こえたぞ」

笑いながら頼宣が水を向けた。

「老中といえども、徳川の家臣。連枝たる我らが遠慮いたす理由はございませぬぞ」

「そうは言われても。家康さまの直子でありながら、潰された家はいくつもございますぞ」

家康の子ではない光義には、父義直ほどの気概がなかった。

「よくごらんあれよ。たしかに兄たちの家がいくつか絶えたが、そのすべては父家康の命(めい)でござる。けっして老中ども家臣に断じられたものではござらぬ」

「……たしかに」

家康の死後、徳川の連枝で潰された家は、家光の弟忠長の駿河藩だけであった。だが、これも父親である秀忠によるもので、兄の家光や松平伊豆守ら執政の手出しではなかった。

「神に繋がる一門、そのなかでとくに神君家康公が徳川の名跡を許した我ら三家。阿部豊後守といえども、手出しはできませぬぞ。心安らかに拒まれるべきは拒まれるがいい。我が紀州家は、いつなりとも尾張どのと同調いたす」

あからさまに頼宣は、光義をあおった。

「叔父上どののお言葉、この光義、なによりも心強うござる」

光義が一礼した。

「なれど、これは二代将軍秀忠さまより木曾の山林をいただいた尾張家の矜持。他家の方々にはかかわりいただくわけには参りませぬ。お気遣いにお礼申しあげる」

きっぱりと光義が断った。

「あっぱれなお心構え。頼宣感じ入ってござる」

薄く笑って頼宣は、目を光圀へと移した。

「妹御のご婚礼はいつとなったかの」

「まだ御上よりお許しをえておりませぬので。確とした日は」

光圀は首を振った。

「そうか。姫とはいえ、連枝の婚姻はなかなかにうるさいものじゃの」

つまらなさそうに頼宣が言った。

「すでに右筆まで、届けてはあるのであろ」

「それは、上様安宅丸ご見学の前に」

「ほう。長いな。まさか水戸どの、付け届けをしぶったのではあるまいな」

頼宣がにやりと笑った。

表の権力はないにひとしい右筆だが、じつはかなりの力を持っていた。幕府にかかわる書付は右筆の手を経ないと御用部屋にまわらず、老中たちの命や令が伝達されない。諸大名が出した願書きをさすがに捨てることはしないが、いつ老中や若年寄などに渡すかは右筆の胸三寸なのだ。

「そのあたりは、備前守がぬかりなくおこなっておるはずでございまするが」

光圀の言う備前守とは、水戸家付け家老中山備前守のことである。他の御三家に二人ずつ付け家老がいるのに比して、水戸には中山備前守のみであった。これも水戸が尾張、紀伊より一段下と見られる原因ともなっていた。

「であろうな。備前はなかなか策士じゃ」

「…………」

同意もできず、光圀は黙った。

「長男の頼重(よりしげ)ではなく、光圀どのを選んだのだからの」

「紀州どの。どういうことでござる」

光圀が気色(けしき)ばんだ。兄を差しおいて当主となったことは、光圀の心に刺さった大きな棘(とげ)であった。

「いやいや、年寄りの世迷い言よ。さて」

ゆっくりと頼宣は腰をあげた。

「そろそろ下がらせていただこう。老体には坐(すわ)っているだけでも苦痛じゃでな」

矍鑠(かくしゃく)とした足取りで頼宣が大広間から出ていった。

背中にじっと見つめる光圀の目を感じながら、頼宣は人気(ひとけ)のない大廊下を歩いた。

「尾張は初手から相手にはしておらぬが、光圀も案外と弱いな。松平伊豆を向こうにまわして大見得をきったと聞いたが、やはり当主となると竦むのかの。外様大名ではあるまいし、家臣どもに気づかわずともよいというに。水戸だけではない。尾張も紀州も、つまるところは将軍の捨て駒よ。なればこそ、余は大坂と熊野灘を抑える僻地に追いやられ、尾張は中仙道と東海道の二つを塞ぐため、水戸は上杉と伊達から江戸を防ぐ盾の位置に配されたのだ」

頼宣が自嘲した。

「藩士たちもそうじゃ。多くが旗本の次男、三男。徳川への忠節はあっても、余への忠義などはなからない。余にしたがうは、父家康から直接譲られた根来衆のみ。その根来衆を館林はたおしよった。将軍一族を護るために忍をつけるは父家康の考え。それを家光は継いだか。猿まねしかできぬ阿呆であったが、よけいなことをしてくれたわ。甲府にしても館林にしても、将軍の弟というだけではないか」

まだ下城時刻には早いだけに、無用の人と出会うことはまったくなかった。すれ違う役人たちは、頼宣の姿を見て小さく会釈をしても、声をかけることなく去っていった。

「御三家がなんのためにあるか。将軍家に人なきとき、代わって徳川の惣領となるためなのだ。だからこそ、我らに父家康は徳川の名のりを許された。それを家光はわかっておりながら、馬鹿をしてくれた。いや、これも崇拝する祖父家康のまねか。将軍家、尾張、紀伊の御三家を、家綱、綱重、綱吉の三人に模した。だから、綱重や綱吉ていどが将軍になれるなどと思いあがる」

「殿」

いつの間にか頼宣は、中雀門に達していた。

門外で控えていた家臣が頼宣に気づいた。いそいで履き物を式台にそろえる。

「帰るぞ」

一言告げて頼宣は中雀門を後にした。

「はっ。お先をごめん」

駕籠の準備をさせるために供の一人が小走りに前へ出た。

御三家と寛永寺の貫首輪王寺宮だけが、下乗札のさらに奥、中御門まで駕籠で入ることが許されていた。

「うむ」

中御門を出たところで待っていた駕籠に乗りこんで頼宣は戸を閉めた。

「出立」

江戸城内であることを遠慮して、先触れもなくしずしずと頼宣の行列が動いた。

「内蔵介」

駕籠のなかから頼宣が呼んだ。

「これに」

右脇で警固にあたっていた侍が応えた。侍姿に変じていたが、神田館を見張っていた水売りであった。

「館林の手の者は」

「二名が上屋敷をうかがっておりますが、侵入は許してはおりませぬ」

「あたりまえじゃ。根来衆が結界を張っておるのだ。そう易々と入られてたまるものか。そうであろう」

かすかに頼宣が笑った。

「はっ。お言葉、恐縮つかまつりまする」

歩きながら内蔵介が頭をさげた。

「しかし油断はするな。敵地とはいえ根来衆二人を片づけて見せたのだ。侮れる敵ではない」

「承知いたしておりまする」

頼宣の危惧(きぐ)に、内蔵介が応えた。

「何人要る」

「たおすとなりますと五名。防ぐだけならば四名かと」

「江戸に根来衆は何名おる」

内蔵介の返事を聞いて、頼宣が問いを重ねた。

「十八名が出府いたしておりまする」

すぐに内蔵介が回答した。

「ふむ。ならば、江戸屋敷の警備に十名を残せ」

「誘いこんで捕まえるお許しはいただけませぬか」

仲間をやられた根来衆としては、仕返しをしたがったが、頼宣は止めていた。

「押さえよ。二名を殺せば、さらなる手を呼ぶことになる。いつかかならず恨みははらさせてやるゆえ、辛抱せい」

「はっ。残りの八名はいかがいたしましょうや」

頼宣に言われて、内蔵介がうなずいた。

「水戸の姫から村正を奪え」

氷のように冷たい声で頼宣が命じた。

二

四代将軍家綱を赤子のときから傅育(ふいく)してきた阿部豊後守の口から出たことは、すべて幕府の決定にひとしかった。

江戸城より下がってきた藩主光義の話を聞いて、尾張家付け家老成瀬隼人正(なるせはやとのしょう)は、頬(ほお)をゆがめた。

「木曾から日光までの荷駄もでございますか」

「うむ」

家康よりとくに選ばれて尾張家に付けられた譜代大名である付け家老には、藩主といえども頭があがらなかった。

「御用木材ともなれば、道中は十万石の大名なみにせねばなりませぬ。先触れから殿まで行列の人数は百人をこえましょう。そのうえ、問屋場から次の宿場まで人足を駆りだすことにもなりまする。差配は国家老の誰かに命じなければならず、泊まりも本陣を使用することになりましょう。金が飛びまするな」

露骨に苦い顔を成瀬隼人正が見せた。

「しかたあるまい。家光さまが御廟所に使うとなれば、日の本一の木曾檜こそふさわしい。他所の素性も知れぬ材木を使われては、尾張の面目がたたぬではないか」

光義が疳を立てた。

木曾の山林は尾張初代義直の婚姻祝いとして、二代将軍秀忠から贈られたものであった。十万石に匹敵するといわれ、尾張の財政を強く支えていた。

その代わり幕府の御用となれば、木曾檜を差しだすのが、尾張の慣例となっていた。

「やむをえませぬな。荷駄も尾張で用意いたしましょう」

あきらめて成瀬隼人正が首肯した。

成瀬隼人正にせよ、竹腰山城守にせよ、付け家老はけっして尾張のことを我が藩とは言わなかった。もともと譜代の大名であったとの誇りが、いまだに付け家老たちのなかにくすぶっていた。

「村正の一件はどうなった」

荷駄のことは終わったと、光義が話を変えた。

「いまだなにもつかめておりませぬ。殿こそ、紀州さまよりなんのご説明もございませぬのか」

「うむ。今日も大廊下で一緒だったが、まったく村正のことには触れられなかったわ」

逆に問われた光義が首を振った。

「まさかと思いまするが、紀州さまの村正はまことに盗まれたのでございましょうか」

成瀬隼人正が疑問を呈した。

「いつわりだと申すか。もしそうだとして、紀州にどのような利がある。村正を尾張が持っていたと騒ぎたてたところで、現品はないのだ。秀忠さまの禁令にひっかかりはせぬ」

「たしかに。村正に持ち主の名前は入っておりませぬ。たとえ世に出たとて、尾張からと証明はできませぬな」

言われた成瀬隼人正が納得した。

「殿、一つお聞かせいただきたい。なぜ、神君家康公に忌避され、二代秀忠さまより禁じられた村正が、御三家の、しかも筆頭の尾張にござったのか」

「わからぬ。余はいまわの際の父から、譲られただけじゃ。そのおり、村正には徳川の恨みがしみこんでいる。けっして手放すなと命じられた」

光義が述べた。

「徳川の恨み……」

教えられた成瀬隼人正が首をかしげた。

「天下を取った徳川の家になんの恨みがあるのやら。将軍になれなかった父の恨みならばわかるがな」

小さく光義がつぶやいた。

「恨み、そこに根本がありそうでございますな」

「だろうが、のう、隼人正。村正は取り返さねばならぬのか」

こころもち興奮したような成瀬隼人正に、光義が問うた。

「盗人をそのままにしておけと仰せられるか」

成瀬隼人正が驚いた。

「持っているだけで、お家断絶になりかねぬ凶器ぞ。厄介払いできたとは思わぬか」

「とんでもないことでござる。徳川の恨み、それを証すことができれば、殿が五代将軍になられることになるやも知れぬのでございますぞ。先に生まれたというだけで、天下を兄に奪われた先代義直さまの悲願が、達せられるのでござる」

熱い口調で成瀬隼人正が語った。

「もちろん、栄華は殿だけではござらぬ。我はもとより、藩士どもも陪臣から旗本へと戻れるのでござる」

「隼人正は、老中か」

光義が苦笑した。

「尾張藩士六千の悲願でござる。災い転じて福となす。奪われた村正だけではなく、紀州、水戸に伝わるものも手に入れて……」

「よきにはからえ」

もうことは藩主光義の手を離れた。力なく命じて光義は、まだ興奮している成瀬隼人正を去らせた。

日中はまだ汗ばむが、夜は涼しくなった秋口の吉原は盛況となる。

「金を払ってまで汗なんざかきたくはねえ」

「てめえひとりでも夜具が暑いっていうのに、隣に女がいたんじゃ倍寝苦しいわ」

夏の暑さを無沙汰の言いわけに、馴染みたちが妓のもとへと帰ってくるのだ。

「主さまも、あちきをお見限りでありんしたなあ」

久しぶりに来た小野忠也に、敵娼女郎の霧島が拗ねて見せた。

「すまぬ、すまぬ。けっしてそなたに倦いたとかではないぞ。さすがに一年近く国元を空けておっては、道場がどうなっているか知れぬでな。ちと広島まで帰っていたのだ」

稀代の名人、一刀流創始伊藤一刀斎から、奥義を伝えられた小野忠也は、忠也流一刀流を立て、広島城下で道場を開いていた。

「申しわけございませぬ」

宴席に加わっていた緋之介が詫びた。

小野忠也は未熟な一族の緋之介を鍛えあげるため江戸に滞留していた。

「ふん。悪いと思うならば、さっさと免状を取るか、水戸の姫の入り婿として旗本にでもおさまってくれ。さすれば、儂は広島に戻ることができる」

霧島の尻を撫でながら、小野忠也が言った。

「お帰りになるのでありんすかえ」

霧島が寂しそうな顔をした。

「広島の浅野さまから、郷士格として扶持米までいただいておるのだ。いつまでも道場を弟子まかせにもできぬでな」

「あい」

いかに吉原が客と敵娼を夫婦に見たてていたところで、仮初のものでしかない。大門を一歩出れば、なんの意味もなかった。

「最後まで話を聞かぬか」

そっと小袖のたもとで顔を押さえた霧島に、小野忠也がやさしく声をかけた。

「おまえも来るのだ。広島へな」

「えっ」

小さく声をあげて、霧島が小野忠也を見た。

「身請けすると申しておるのだ」

「真実(まこと)でござんすかえ」

震える声で霧島が訊いた。

「うむ。さすがにこの歳で若い妻(めと)を娶るというのは外聞が悪い。ただ家に入るだけになるが、かまわぬな」

小野忠也が確約した。

「穢(けが)れてありんすえ」

「身体は洗えばすむ。心までは汚れておるまい」

すでに初老に入った小野忠也が、若い遊女を口説(くど)いていた。

「お金がかかり……」

「わかっておるわ。そなたの心配することではない」

身請けの金を気にする霧島の口を、小野忠也が制した。

「主さま」

「広島についたら、呼び方を変えてくれ」

「あい」

霧島が小野忠也へしなだれかかった。

「…………」

緋之介は、小野忠也に急かされる前に席を立った。己の住まいとしている西田屋の離れであったが、とてもおれる状況ではなかった。

「織江さま」

そっと離れの障子を閉めたところで、緋之介は西田屋甚右衛門に声をかけられた。

「ちとわたくしの部屋までお願いをいたしまする」

「そろそろ出かけるのだが、明日ではつごうが悪いか」

真弓の警固へと向かう刻が近づいていた。

「明雀さんが、ぜひにと」

「……承知」

緋之介は首肯して、西田屋甚右衛門のあとに続いた。

吉原でもっとも格式の高い西田屋甚右衛門の居室は、すべての遊女を束ねるきみがてての名のりににつかわぬ質素なものであった。

八畳間の襖際に明雀が控えていた。

吉原雀であり、遊廓の主をはるかにしのぐ力を持つとはいえ、明雀は遊女でしかない。緋之介と同席するときはかならず下座に場をとった。

「お呼びたていたして、申しわけござんせん」

ていねいに明雀が緋之介を迎えた。

「いや。お気になさるな」

恩人光圀の想い人でもある明雀に、緋之介はかしこまってくれるなと頼んだ。

「では、お言葉に甘えやんして。そろそろお出かけの刻限でもござんしょうし」

明雀は緋之介が毎夜駒込まで通っていることを知っていた。

「村正のことでござんす。西田屋さんの妓と心中した研ぎ師がおりやしたことを、お覚えでありんすか」

「うむ」

問われて緋之介は首肯した。

ただの心中であったはずの馴染み客と遊女の死が、ことの発端であった。吉原で心中があったばあい、遊女は大川沿いの投げ込み寺道哲庵に捨てられるが決まりである。客はいちおう身内に引き取らせるが、多くは外聞を気にしてひそかに葬ってしまうのが普通である。

「すでに研ぎ師の店は人手に渡り、得意客の台帳なども焼かれてしまっておりやんして、かなり手間がかかってしゃいやした」

出遅れたことを明雀は悔やんでいた。

「それがようやく知れやんした。亡くなった研ぎ師さんの弟さんが、万字屋(まんじや)さんのお馴染みでござんして。そこから」

引き取りに来た身内が、研ぎ師の兄だったことも不幸であった。兄は弟二人と違い手堅い商売人で、遊廓のことをこころよく思っておらず、死体を引き取ったときに二度と吉原とはかかわらないと言い残していた。いや、露骨に弟が死んだのは、地獄に身を堕(お)とした遊女にそそのかされたからだと苦情を述べたほどであった。

「お手数をおかけ申しました」

「いえ。もとはといえば、あの人が端(はな)でござんしょうから」

やわらかく明雀がほほえんだ。明雀の言うあの人とは、光圀のことだ。

「で、あの村正の持ち主は」

緋之介が話をもとへと戻した。

「大和国宇陀郡織田山城守長頼さま」

「織田どのとは、かの信長さまがご子孫か」

「あい。信長さまがご次男信雄さまの三代目」

明雀が首肯した。

「織田家はたしか三万石ほどだったはず」

かつて大和国柳生の庄で五年から過ごした緋之介である。織田家のこともあるていどは知っていた。

「二万八千二百石でありんす」

詳しい石高を明雀が続けた。

織田家の流転は語るまでもなく、誰もが知っていた。

信秀、信長と二代にわたって傑物をだし、天下統一まであと少しのところまで来た織田家は、最後の最後で蹴躓いた。

家臣たちの裏切りにあったのだ。

第一は京本能寺で信長を襲った明智日向守光秀であり、第二が信長の血統から天下を横取りした羽柴筑前守秀吉こと豊臣秀吉である。

「一歩まちがえていれば、織田幕府ができていたでしょうに」

感慨深く、西田屋甚右衛門がつぶやいた。

「きみがててさま、それはちとお甘いのではございやせんか」

明雀が首をかしげた。

「織江さまを目の前にして言いにくいことでござんすが、家康さまは黙ってしたがわれるようなお方ではありんせん」

言いながら明雀が緋之介を見た。

「あいにくお目にかかったことはないが……将軍家の争いを目の当たりにしていると、権力への妄執がいかにおそろしいかわかるな」

松平伊豆守の妄執、阿部豊後守の未練、そして徳川家光の子たちの執念と緋之介はいくつもの争いに巻きこまれた。

そこで学んだのは、人というものの貪欲さであった。

人はどれだけの地位、うなるほどの金を手に入れても満足しないのだ。

「明雀さま。ならば家康さまが反旗をひるがえされたとでも」

吉原を束ねるきみがててこと西田屋甚右衛門といえども、吉原雀の明雀には一歩退いたもの言いをする。これは、遊女と主、どちらが吉原の主役であるかをあらわしてもいた。

「人の下で耐えることにも限界がござんすからねえ。だから吉原は二十八歳で年季明けにするんでござんしょう」

　みょうな方向へ明雀が話を持っていった。

「女にとって命よりたいせつな操を踏みにじり、もっとも美しい花の時期を潰させる。それでは辛さに耐えかねて死を選ぶ女が出やんす。そして死は仲間を呼ぶ。望みのない女が来世に夢を求めていくのは当然。大枚をはたいて買った女に死なれては大損害と、ほんの一筋ながら生きる目標を与えたのが二十八歳の年季明け。そこまで生きてさえいれば、この苦界から出ていくことができる。毎日違う男の下であえがなければいけない女を生へとすがらせ、さからわないようにさせる手段が年季明け。違いやすかえ、きみがてて」

「……そうだと言えるはずはないだろう、明雀」

　二人ともいつもの言葉遣いを離れていた。それが緋之介に、話の内容が真実だと伝えていた。

「織江さま、先があることのよろこびはおわかりでござんしょう」

明雀が緋之介へ訊いた。

多くの知己を失い、一度は生きる心を失った緋之介は、先の夢がどれだけ人には必要なのか身をもって知っていた。

「うむ」

「苦界、地の底、世の地獄。これ以上はない形容をされる吉原の妓にさえ、与えられる光。ですが、戦国の世はどうでやんしょう。誰かが天下を取れば、残る者に夢はもうござんせん。端から織田家の家臣であった者たちはまだよござんしょう。主君を天下人にするという夢がかない、次にはその血筋をもりたてて永続していくという目標もできやんす。しかし、同格だった者にとって、天下人が誕生するということは、大きな夢を断たれること。そして、それは永遠の臣従でもありんす」

そこまで言われてやっと緋之介は気づいた。

「なるほど」

「逆順の刀、村正を家康さまがお手元に置かれたわけはそこに」

同様に西田屋甚右衛門も納得した。

「おわかりでござんしょう。織田さまに村正が秘蔵されていたわけも」

念を押すように明雀が問うた。

「ああ。一度は手に入れた天下人の地位を取りもどしたいとの想いでござるな」

「あい」

緋之介の答えに明雀が満足そうにうなずいた。

「ことは天下にかかわっておりまする。なにとぞ、深く御注意をと光圀さまよりの伝言でありんすえ」

「かたじけない」

ここにいたってようやく緋之介は、光圀の思いやりと理解した。光圀は、緋之介が寝ずの番をしていることを知っていたのだ。

「十分に心がけましょう」

しっかりと緋之介は告げた。

いつもより半刻（約一時間）ほど吉原を後にするのが遅れた緋之介は、急ぎ足で水戸家中屋敷へと向かった。

すでに日は少しの赤みを残して山のかなたへと沈んでいた。

行きかう人の影は見えても、顔はわからない、敵か味方かの判別が困難な、闇にいたるまでのわずかな間を逢魔がときといい、剣術遣いたちは深夜よりも警戒した。

早足で進みながらも緋之介は辻の奥にまで気を配っていた。剣士としての心得ごとであり、命を狙われ続けている者としてしなければならない注意であったが、その分ときを喰った。

あと二つ辻を曲がれば、駒込となったところで、緋之介は足を止めた。かすかな殺気が闇から漏れていた。

「…………」

無言で緋之介は太刀を抜いた。

緋之介は、いつでも足場を固められるようにと、普段から草鞋を履いていた。武者修行で諸国を巡った剣術遣いたちが編みだした草鞋は庶民の使うものと少し違い、足の指先側が薄く、踵が厚くなっていた。これは踏みこむときの力が指先にかかることから、草鞋がずれにくいように薄くしてあるのだ。

その薄いつま先で地をえぐるように緋之介は腰を落とした。

「…………」

やはり無言で闇から影が襲いかかってきた。全身を黒装束で包んだその姿は、かつて対した伊賀者に似ていた。

「忍か」

緋之介は太刀を袈裟懸けに撃った。

一直線に緋之介を目指していた忍が、不意に立ち止まって勢いを殺した。緋之介の太刀はその三寸（約九センチメートル）手前を過ぎた。

「しゃっ」

一撃をはずして、忍がふたたび緋之介目がけて跳んだ。

「ふっ」

息を抜くような気合いを漏らして、緋之介は空を切った太刀を回転させ、下段から斬りあげた。

重い手応えがして、緋之介の太刀は忍の股間から胴を斬り裂いた。

「……ぐ」

噛み殺したうめき声を残して、忍が落ちた。

「もう一人」

緋之介は、残心をすぐに崩して、青眼に構えた。

見つめた闇からかすかな光が飛んできた。緋之介は半歩斜め右に退きながら太刀を車に回した。

甲高い音と火花が散った。緋之介は放たれた四つの手裏剣のうち、二つをかわし、残りを払い落とした。

「棒手裏剣か」

刀ごしに伝わった重い手応えに、緋之介は落ちた先に目をやることなくさとった。忍の流派で使用する手裏剣も変わった。だが、もっとも単純な構造で威力があり持ち運びにも便利な棒手裏剣だけは、伊賀や甲賀などの流派にかかわりなく使用された。

「そこか」

緋之介が奔った。

棒手裏剣には大きな弱点があった。障害物のないまっすぐな軌道でしか使えないのだ。八方手裏剣や苦無などは、指のかけ方で曲げて飛ばすこともできたが、棒手裏剣にはできなかった。威力は大きく、先に毒でも塗っておけばかすっただけで必殺の武器となる棒手裏剣は、投げた者の位置を推測させてしまう欠点があった。

緋之介は、辻の一つへと駆けこんだ。

「…………」

闇に溶けていた影が、緋之介へ対応するために動いた。背を向けて駆けだした。

「逃がさぬ」

左足に力を入れて、緋之介は跳んだ。さらに右肩をいれるように前へ出し、左手を柄(つか)から放して太刀を振った。

片手薙(な)ぎは、一刀両断の勢いを失う代わり、三寸（約九センチメートル）間合いが伸びる。緋之介はさらに右肩を前に突きだし、もう一寸（約三センチメートル）稼いだ。

「ぎゃ」

緋之介の一撃が、忍の背中に届いた。

ゆったりとした忍装束が命を救った。片手薙ぎの太刀は弱い。空気で膨らんだ布に巻き付かれて、おおきく勢いを減じ、忍の背中に傷を残しただけで、致命傷とはならなかった。

足首から肘(ひじ)まで、限界まで筋をのばした緋之介は、二の太刀を放てず、撃ちだした刀で地をえぐらぬようにするのが精一杯であった。

「………」

振り返ることなく忍はそのまま走り去った。

「どこの手の者か」

かつて伊賀者を使った松平伊豆守は、今年緋之介へ未練を残してこの世を去っていた。

「なにもないだろうが」

先に倒した忍のもとへ帰って、緋之介は啞然とした。

死体があとかたもなく消えていた。

「もう一人反対側にいたということか」

忍の用意周到さを思いしらされながら、緋之介はさっと太刀をあらためた。鹿の裏皮をなめしたもので、刀身の油を拭きながら刃こぼれや曲がりがないか確かめていく。

緋之介の佩刀は始祖小野忠明が使っていたものであった。生涯で数百におよぶ死合をこなしてきた小野忠明の太刀は、人を斬るたびに研ぎに出され、細く薄いものへと変化していた。

緋之介の父小野次郎右衛門忠常は、柳生新陰流の影響を受け、小野派一刀流本来の一刀両断からずれた息子を流派から解き放つとともに、重さよりも疾さを旨とするようこの太刀を与えた。

本来なら、ここでじっくり手入れをしなければならないが、緋之介はざっと見ただけで太刀を鞘に納めた。

「急がねば」

つぶやいた緋之介は走りだした。

三

大名の中屋敷は、上屋敷と違い、かなり警備は甘かった。屋敷壁際には藩士たちの長屋が並んではいたが、手狭で人数は少ないうえ、家臣の多くは上屋敷で任に就くので、留守がちであった。

「二手に分かれる。道明寺、二人率いて裏から入れ。姫の居室は奥のはず。我らも向かうが、行けそうならば、抑えよ」

屋敷の西南角に設けられた灯籠がうみだす足下の闇に、内蔵介を含め七名の根来衆が潜んでいた。

「万一の抵抗は」

言われた道明寺が質問した。

「それが女中ならば害してよい。姫ならば、殺してはならぬ。殿からのきついお達しじゃ。水戸の姫には傷一つ許さぬとのな」

「承知」

闖入者に襲われた女が抵抗しないはずはない。それを騒がせず、怪我させずに捕まえるのは並大抵のことではなかったが、道明寺はあっさりと首肯した。

「加太、そなたはここに残れ。なにかあれば烏笛で報せよ」

「あいわかり申した」

命じられて加太がうなずいた。

「熊野と田辺が小野の息子を迎えておる。あの二人がやられることはないと思うが……」

内蔵介がそこまで言ったとき、烏の鳴き声が聞こえた。

「長く、短く、長く、長く……ばかな。小野の息子を止められなかっただと。たかが剣術遣いに根来衆がやられたというのか」

内容を理解した内蔵介が驚愕した。

「どうされるか、先達（せんだつ）」

道明寺が訊いた。

「退くわけにはいかぬ。出直したところで警戒されるだけだ。予定どおりこのままいく。加太」

内蔵介が加太に目をやった。

「ここから動くな。万一のときは、村正だけでも投げるゆえ。なにがあっても手出しするでない。ただ潜め」

「承った」

応えた加太が闇に溶けた。

「一同、参るぞ」

内蔵介の合図で五名の根来衆が散った。

緋之介がやってきたのは、それからほんの少し後であった。

すでに暮れ六つ（午後六時ごろ）を過ぎ、水戸家中屋敷の大門はしっかりと閉じられていた。

大門に近づいて緋之介は、気配を探った。

「静かなものだが」

少し離れていても人が争う気配というのは届く。

間にあったと緋之介はほっと息をついた。

争いの気配はなかったが、すでに根来衆たちは奥へと侵入を果たしていた。大名屋敷というのは高い塀に囲まれていることと、武家という身分に安心して、盗賊の侵入などありえないとほとんど警備されていない。

江戸幕府ができたころは、屋敷の床下や天井裏に忍び返しを設けたり、主君の居間に隠し部屋を作ったりして、万一に備えていたが、火災で焼け落ちるたびに簡素化され、ついになんの対策もとられなくなっていた。

根来衆たちは無言で床下を進んだ。

天井裏でなく、床下を選んだのは、人というのは頭上の気配にさとくとも、足下に気づかないことが多いからである。

「…………」

先頭を進んでいた根来衆が止まった。懐から懐炉を取りだし、首に巻いていた火縄の端に火をつけた。

かすかな音と匂いがして、床下の一部に赤い点が灯った。

「どうした、木場」

すぐに内蔵介が追いついた。忍独特の発声法は、目的とする者以外には仲間といえども聞こえないようになっている。

「土の壁が」

木場が、火縄で照らした。

「奥との仕切か」

確認した頭が苦笑した。

どこの大名家でも奥と表の区切りは厳格であった。江戸では庶民だけではなく、武家でも男が多すぎ、女不足なのだ。金と暇のない勤番侍にとって奥に勤める女中たちは、唯一の女といっていい。

しかし、婚姻関係にない男女の密会は不義とされ、どこの藩でも御法度であった。

「土壁のようだな」

触れた頭がつぶやいた。

「崩しまする」

木場が腰につけていた袋から苦無を出し、土壁を切り始めた。

「拡がれ」

内蔵介が残っている全員にも崩せと命じた。

明暦の火事で焼け落ち、再建されてまだ数年だったが、土壁はすでに脆くなっていた。なかに入っているはずの割り竹が細いうえに数も少ない。あっという間に数カ所で壁に穴が開いた。

「…………」

無言で内蔵介が手を振った。

表と奥の仕切は床下だけではなく、地上には人の背よりも高い塀があった。外から奥を覗くことができないようにとの意図だが、それはぎゃくに入りこんだ敵を見つけにくくしていた。

水戸家中屋敷の奥に主は居なかった。当主である光圀の妻はすでにこの世になく、また側室もいなかった。先代頼房の妾は何名か生きていたが、皆髪を下ろして下屋敷の奥におり、中屋敷に住んでいる連枝は、ただ真弓一人であった。

いかに真弓一人とはいえ、格式がある。空いているからと女中たちが次の間つきの部屋を使えるはずはなく、真弓の居場所はすぐに特定された。

「あそこだな」

床下の柱で部屋の形はおおよそつかめる。

真弓の居室は、中屋敷奥の中庭に面した広い書院であった。

内蔵介は真弓の居室の下に、一同を潜ませた。少し遅れて道明寺たちもやってきた。

「…………」

手を使って頭が、道明寺たちに庭から回るようにと命令した。

うなずいて道明寺ともう一人が床下を這っていった。

見届けて、内蔵介が木場に目で合図した。木場がのこぎりで床板をゆっくり切り始めた。音をたてないように慎重な手つきであったが、床板二枚がはずれるのにさしたるときはかからなかった。

床板を取り除いた内蔵介が、畳の裏に耳をつけて、室内の音を探った。

真弓は、一人で食事をすませたばかりであった。すでに膳は片づけられていたが、真弓の手もとには、湯呑みが残され、うっすらと湯気が立ちのぼっていた。

真弓が一人であることを確認した内蔵介が、小さく首を縦に振った。

「……………」

木場が手にしていた火縄を振って道明寺たちに報せた。

道明寺も懐から苦無を取り出し、雨戸と桟の隙間に差しこんだ。軽くこじると音もなく、雨戸がはずれた。

顔を出して廊下の人気をうかがった道明寺が、鳥の鳴きまねをした。

「日が暮れたのに鳥か」

室内で聞いた真弓が不思議そうに顔をあげたとき、目の前の畳が不意に浮きあがった。

頭に続いて配下たちが部屋へと侵入した。

「曲者」

すぐに真弓が叫んだ。

内蔵介が刀を抜いて真弓を脅した。

「人を呼べば、そやつを殺す」

言われて真弓は口を閉じた。

「なにものぞ。ここを水戸徳川家の中屋敷と知ってのことだな」

「たしかめる意味はあるまい」

笑いを含んだ声で頭が言った。

「村正をもらおうか」

真弓へ近づいた頭が手を出した。

「……なんのことだ」

「とぼけるな。あることはわかっている」

内蔵介が真弓の小袖をつかんだ。

「無駄なときを使わせるな。おい」

強い力で内蔵介が真弓を引っ張った。

真弓はさからうことなく、引き寄せられながら、内蔵介の臑を蹴った。

さすがに蹴りをくらわなかったが、内蔵介の手が離れた。

すばやく身をひるがえして真弓が違い棚の上に置いていた脇差をつかんだ。

静かな争闘だったが、緋之介はすぐに気づいた。

「しまった。すでに」

緋之介は、潜り戸を叩いた。

「織江でござる。至急真弓どのにお目にかかりたい」

緋之介のことは門番にも知られている。すぐに門番が顔を出した。

「これは、どうぞ」

緋之介は玄関をあがらず、庭へと回った。

「そちらからは奥へ……」

背中にかかった門番の声を無視して、緋之介は走った。

屋敷のなかを行かなかったのは、廊下の曲がり角や襖の閉じられた部屋があるたびに、敵が潜んでいないかと探らねばならず、見晴らしのいい庭を進んだほうが早いのだ。

御三家とはいえ、中屋敷はそう大きくはなかった。すぐに緋之介は奥と表を隔てる板塀にたどり着いた。

緋之介は太刀を抜くと、上段に構えた。

「ぬん」

小野派一刀流極意一の太刀であった。

板塀があっさりと割れた。

「馬鹿な……」

奥の中庭で見張っていた道明寺が目を疑った。分厚い板塀が、一刀両断にされた。

「止めるぞ」

道明寺が刀を鞘走らせ、緋之介へと向かった。

「どけ」

勢いを止めることなく、緋之介は間合いを詰めた。

三間（約五・四メートル）となったところで、道明寺が上へ跳んだ。

空中で一回転すると、刀を頂点に緋之介へと落ちてきた。

「………」

緋之介はぎゃくに前へと踏みこみ、ぐっと膝を曲げた。

低くなった緋之介の頭上を、道明寺が過ぎた。空中にいては動きの方向を変えることはできなかった。道明寺は、見事にとんぼをきって降りたったが、緋之介と背中をあわせる形になった。

「おう」

左の踵を支点に緋之介は身体を回した。そのまま太刀を真横に薙ぐ。

「ぐへっ」

体勢を整えることもできず、道明寺は腹に太刀を受けた。

右脇に食いこんだ太刀は、ぞんぶんに道明寺の肝臓を裂いた。

白目をむいて道明寺は即死した。

「ちっ」

緋之介が背中を見せたのを隙と読んだのか、残っていたもう一人の根来衆が緋之介へ襲いかかった。道明寺の失敗を見てか、地を這うほど低い位置から刀を突きだしてきた。

「………」

十分な疾さをもった一撃であったが、緋之介は背中を見せたまま軽く跳んでかわした。

「かかった」

声を出さないのが信条の忍が思わず言葉を漏らした。

空を切ったはずの刀が、そのまままっすぐ上へと変化した。

重い音がして、根来衆の刀は緋之介の太刀に受け止められていた。

「えっ」

驚いた根来衆は、そのまま絶息した。脇差が、首筋に突きたてられていた。

緋之介は跳ねた瞬間、手にしていた太刀を足下に向けて撃ったのだった。それが根来衆の刀を受け止めた。そこで緋之介は勢いの死んだ太刀を手放し、脇差を抜いた。

緋之介は、柳生流の秘太刀竜尾の匂いを根来衆の動きに感じていたのだ。竜尾とは、怒れる竜が尾を跳ねるごとく、大きく途中で軌道を変える技のことで、袈裟懸けから横薙ぎになることが多いが、下段から突きへ変化するものもある。長く柳生にいた緋之介は、なんどとなく竜尾を見て、よく知っていた。

「真弓どの」

一度捨てた太刀を拾いあげて、緋之介は叫んだ。

室内でも庭の戦いは感じられていた。

「来たか」

脇差を手にした真弓はこわばっていた顔をゆるめた。

「退くならば、今のうちぞ。我が許嫁は手加減ができぬ」

真弓は曲者たちをさとした。

「笑止。一人で侍三人に匹敵するといわれた我らが、四名おるのだ。たかが一人、すぐに片づく。あの者を殺されたくなくば、村正を差しだせ」

言われた内蔵介が鼻先で笑った。

「そっちは全部で十二人ぶんか。織江は一騎当千。一人で千人を止めて見せたのだぞ」

御船手組番所でくりひろげられた戦いを思いだした真弓が誇らしげに告げた。

「忍の技は千変万化。ついてこられるものか」

語りながら、内蔵介は真弓の隙をうかがっていた。

女の刺客を殺した緋之介が陥った心の苦しみを、少しでも理解したいと習い始めた剣術がときをかせいでいた。さらに頼宣の言った傷一つつけることは許さないとの命が真弓を救った。

小野忠也から直接教えを受け、小野派一刀流の切り紙を得た真弓は、無傷で抑えるにはできすぎたのだ。

「先達」

道明寺ともう一人が倒されるのを見て、もっとも縁側に近かった根来衆が声をあげた。

「屋内に入れるな」

内蔵介が叫んだ。

二人の根来衆が、すばやく縁側に陣を敷いた。

庭から縁側へとあがるのは、体勢の大きな崩れを招く。

「くっ」

縁側に立つ二人の根来衆を見て、緋之介は舌打ちした。縁側の端ではなく、二尺（約六〇センチメートル）ほど退いていた。これは下に立つ者の有利を消し去る位置取りであった。本来、上から降ろす太刀は下にいる者に届かず、低い位置から出す一撃は高いところに居る者の足を攻撃できる。だが、縁側という外に張り出したところで引かれてしまうと、床が邪魔になって近づけず、その利が失われた。

「ときをかせぐ気か」

いっこうにかかってくるようすのない二人に、緋之介は焦った。

多少剣術をかじったとはいえ、真弓の腕で根来衆と太刀打ちができるはずもなく、じりじりと部屋の片隅へと追いやられていた。

「村正はどこだ」

業を煮やした内蔵介が怒鳴りつけた。

そのころになってようやく屋敷のなかが騒がしくなった。

かなり出遅れたのは、奥と表の仕切が邪魔をしたせいであった。やはり、無断で奥へ入った者は放逐と決まっているのが、藩士には重たかったのだ。

しかし、曲者の侵入を放置するのはもっとまずいと、ようやく藩士たちが奥へ走りこんできた。

「いたぞ」

藩士たちが最初に見つけたのは、縁側にいた二人の根来衆だった。

「先達」

近づいてくる水戸藩士への対応を縁側の根来衆が訊いた。注意が一瞬緋之介からそれた。

緋之介には十分であった。一気に緋之介は縁側へと飛びあがった。

「りゃあ」

そのまま太刀を突きだした。

「かはっ」

胸を貫かれて、一人の根来衆が死んだ。

「………」

無言で残った根来衆が斬りつけてきた。

緋之介は身体を左にひねりながら、突きささった太刀をそのまま振った。太刀に刺さったままの根来衆が盾となって、一撃を阻害した。

「おのれ」

仲間の死体を道具にされて、根来衆が怒った。

「夜盗のたぐいに、情けは無用」

追い打ちをかけるように緋之介は死体を蹴りとばした。

「ちっ」

亡骸(なきがら)へ刀を撃ちこむのを避けて、重心を下げた根来衆は仲間の身体をかわせなかった。

　重い音がして、根来衆が転んだ。

「あわ」

　冷静な根来衆があわてた。廊下に倒れた根来衆の上に、仲間の死体がのっていた。この状態では刀をまともに振るうことさえできない。

　緋之介は、一瞥をくれると真弓の部屋へと踏みいった。

「どけえ」

　倒れた根来衆が、仲間を急いで払いのけようとしたが、間にあわなかった。

「曲者」

　大声で叫んだ水戸藩士が、太刀を振りかざして上から斬りおろした。

「お出会いめされ」

　続いて二人の水戸藩士が、斬りかかった。

「……ぐっ」

　ようやく仲間の遺体を払いのけた根来衆だったが、それが災いした。それまで太刀を防いでいた盾を失った形になった。

法も術もなくただ振りおろすだけの太刀だが、三人となるとかわすも防ぐも難しい。

「ぎゃあ」

「ひっ」

根来衆はなんとか刀を水平に振って水戸藩士二人の臑を斬ったが、そこまでだった。

残った一人が突きだした太刀に腹を貫かれた。

「これまで」

小さくつぶやくと根来衆は、残った水戸藩士の足を斬り払い、最後の力を振り絞って、己の喉を突いて自害した。

「あああああ」

あとには、急所の臑を斬られた三人の藩士が、足を押さえて転がっていた。

真弓の部屋に入った緋之介は、襖の陰から襲撃を受けた。

「くっ」

普段ならば用心するのだが、真弓の危機にあわてた緋之介の失策であった。とっさに身をひねったことで致命傷は避けたが、右肩の肉をえぐられた。

「織江」

内蔵介に集中していた真弓が気を緋之介の怪我に取られた。

「ぬん」

すっと近づいた内蔵介が、真弓に当て身を喰らわせて、手にしていた脇差を奪った。

「おいっ」

緋之介にまだ挑んでいた配下に声をかけ、すばやく床下へと潜った。

「………」

残された根来衆が続こうと後ろを向いた。緋之介は怪我を押して追い撃った。

「う……」

背中を割られながらも、根来衆は床下へと消えた。

「真弓どの」

緋之介は、根来衆の逃げた後を見ることもなく、倒れている真弓に近づいた。

抱きかかえて、気息をはかる。

「気を失っているだけか」

ほっと緋之介は一息ついた。あて落とされただけだが、みぞおちを強く叩かれたことで呼吸できなくなっている。放置すると死にいたることもあった。

手早く真弓の背中にまわった緋之介は、背骨の中央に膝をあて、軽く活を入れた。

「……うっ」

息を吐いて真弓が意識を取りもどした。

「大事ござらぬか」

のぞきこむようにして、緋之介は案じた。

「みぞおちが痛むが、ほかは大丈夫だ。また、見守っていてくれたのか」

かすかな声で真弓が、応えた。

「…………」

無言で緋之介はうなずいた。

「すまぬ。あっ」

頭をさげて目を閉じた真弓が、ふたたび瞳(ひとみ)を開いて驚愕した。

「もう大丈夫ゆえ、放してくれ」

真っ赤な顔で真弓が願った。真弓は、己が緋之介の腕のなかにいることに気づいたのだ。

「これは……ご無礼を」

あわてて緋之介は、離れた。

婚約はなしても、婚姻の夜まで触れあわないのが、名のある武家の慣習であった。

緋之介と真弓は、気まずそうに目をそらした。

「姫さま」

そこへ中屋敷のいっさいを預かる用人がおずおずと顔を出した。

「奥向きのことに表が手を出すのは、してはならぬことと存じておりますが、この度（たび）はやむえぬ仕儀とご了承のほどお願い申しあげまする」

用人は、真弓の容体を尋ねるより前に、言いわけをした。

「わかっておる」

不機嫌ながら、真弓が認めた。

「何者でございましょう」

肩を震わせながら、用人が問うた。

「わかれば苦労せぬわ」

「思いあたられるふしはございませぬか」

さらに用人が質問した。

「ありすぎて迷うほどじゃ」

詰問するような用人に、真弓が不快を露骨に出した。

「……それは」

切り返されて用人が絶句した。

「庭に二人、縁側で二人死んでおりまするが、これは」

用人が緋之介に目をくれた。

「もう一人、床下で死んでおるはず」

緋之介は、穴を指さした。

「えっ」

おそるおそる床の穴を用人がのぞいた。

「ひえっ」

用人が腰を抜かした。

「か、顔が潰されている」

「やはり」

緋之介も床の穴を見おろした。床下で、恨めしそうに目を剝いた忍が息絶えていた。

「どういうことだ。そこにおるということは、逃げたのではないのか」

さすがに見ようとはしなかったが、真弓が訊いた。

「なかなかに背中の傷は致命傷となりませぬが、背骨にまで届いた手応えがありましたので、逃げきれぬとさとったのでございましょう」

「いさぎよいと申すか、おそろしいものよな、忍とは」

真弓が小さくつぶやいた。

「織江どの。そろそろ刀を」

「おお」

緋之介は脇に置いていた抜き身を取りあげた。ていねいに拭(ぬぐ)いをかける。

「刃こぼれなどはしておらぬか。骨を斬ったというが」

日本刀の鋭利さは、刃の薄さにあった。触れただけで切れるかわりに、骨や柱などにあたると刃こぼれした。

「ごめん」

あらかた血を落とした太刀を行灯(あんどん)の光で照らした。

緋之介は、かすかな欠けを切っ先付近で見つけた。

「すりあげるほどでもないな」

ほっとした緋之介は、真弓のほうを向こうとして、障子に映っている刀身の反射に気づいた。

日本刀は軟鉄を芯にして、その周囲を固い鉄でくるんで作る。二種類の違う鉄を使うことで折れにくく、鋭い切れ味を生みだし、その材質の段差が研ぐことで刃文として現れるのだ。

「これは」

緋之介は反射のなかに刃文の影を見つけた。

「真弓どの。む、いや刀は」

緋之介はかろうじて村正の名前を口にしなかった。

「奪われたのは、無銘のやつ。あれならば、わが夜具のなかに」

真弓が立ちあがって、部屋の片隅にまとめられていた夜具へと近づいた。

「ここに」

重ねられた夜具の下から、真弓が脇差を取りだした。

「それを」

巻き付いた。

立ちあがって緋之介が受けとろうとしたとき、不意に上から縄が飛んできて村正に

「なにっ」

見あげた緋之介の目の前で、村正は大きくずらされた天井板の隙間へと引きこまれていった。

「しまった」

闘争の興奮を残し、殺気だっていた緋之介は、忍んでいる者のかすかな気配を感じ取れなかった。

「織江……」

真弓が蒼白になった。

「ごめん」

緋之介は、急いで屋敷の外へと駆けだしたが、すでに曲者の影もなかった。

「すまぬ。わたくしがもっとしっかりと持っておれば」

帰ってきた緋之介を悄然とした真弓が出迎えた。

「いえ。なによりもまず、真弓どのを気づかうべきでござった。恥じいりまする」

小さく首を振って、緋之介が詫びた。

「手に怪我はなされておらぬか」

「…………」

黙って真弓が首肯した。

二人は話すこともなく、坐りこんだ。

「これでよかったのかも知れぬ」

しばらくして真弓が口を開いた。

「我が手元からなくなることで、父のいや、祖父の妄執も消えたような気がする」

「真弓どの」

さみしそうななかにもほっとした表情を見せる真弓に、緋之介はなにも言うことができなかった。

第五章　潜む野望

一

大和国宇陀郡(うだのごおり)松山藩織田家の上屋敷は下谷にあった。

「まだ見つからぬのか」

疳(かん)をたてているのは、当主織田山城守長頼であった。

「鋭意探させておりまする」

叱(しか)られていたのは松山藩江戸家老生駒三左(いこまさんざ)である。

「なにをしている。あれがどれほど重いものか知らぬわけではなかろう。あの村正は右府(うふ)織田信長公のお形見。かの本能寺までお持ちになったという由緒ある刀。あれを継ぐ者こそ織田家の正統との証ぞ。もし、村正が小幡に渡りでもすれば、戦国を覇した織田の誇りも奪われることになるのだぞ」

「……申しわけございませぬ。あちこちに手を回し、人もやりして、村正の行方を追わせておりまする。なにとぞ、今少しときをお願い申しあげまする」

ひたすら生駒三左が猶予を願った。

「いったい何日費やせば気がすむというのだ」

まだ織田山城守の怒りはおさまらなかった。

織田山城守がここまでこだわるのには、理由があった。

もともと宇陀織田家は信長の次男信雄が大和国宇陀郡三万一千二百石、上野国小幡二万石、あわせて五万一千二百石の所領を与えられたことに始まった。

信雄は四男信良に小幡二万石を分知した。残った宇陀三万一千二百石は、信雄の死後五男高長に相続されたが、ここでまず逆順が起こっていた。石高は少なく分知あつかいとはいえ、信良は高長の兄なのだ。しかし、本家は宇陀松山藩である。ここに騒動の種はあった。稀代の英雄織田信長の嫡流をどちらも名のる理由があった。

「信長公ご愛用の村正を持つ者こそ、織田家正統。なればこそ、小幡は我が家に気をつかい、年始の挨拶にも来る。しかし、村正が小幡のもとに行けば、立場は逆転する。今度は余が辞を低くして小幡の機嫌をうかがうことになるのだ」

「そのようなことは……」

「ないと申せるか。今はまだいい。何代か先そのことが問題になる。かならずな。三左、そなたも話ぐらいは聞いておろう。幕府が諸大名の家譜をまとめていることを」

「はい」

言われた生駒三左が首肯した。

三代将軍家光は、諸大名の来歴を明らかとするため、諸家に命じて系図と当主の略歴を提出させた。寛永諸家系図伝と名づけられたそれは、幕府右筆の書庫と二の丸庭園に設けられた紅葉山文書蔵に保管されていた。

「当家ももちろん出したが、そのとき幕府から但しがついたことを知っているのか」

「但しでございまするか。いえ、存じませぬ」

四十になったばかりの生駒三左は、そのころまだ部屋住みで藩政にかかわっていなかった。

「余も父から聞かされただけじゃがな。系図伝の提出を命じられたとき、父は幕府からこう言われたそうだ。訂正があればいつなんどきでも申し述べよとな」

「訂正……」

「そうじゃ。つまりは、いつでも織田家の本家を小幡に替えることができるのだ。寛永の争いをひっくり返すこともありうるとの指摘ぞ」

すでに宇陀、小幡の織田家は一度本家争いをおこなっていた。

寛永七年（一六三〇）、小幡織田家は幕府に対し、藩祖信良が信雄の世子であったことを理由に、本家と認めてくれるよう願いでた。

大名が本家、分家にこだわるのは、それがすべてに影響するからである。江戸城での席次から、将軍からかけられる言葉の内容まで違ってくるのだ。簡単なことを例に出せば、江戸城の廊下で出会ったとき、分家は本家に先を譲り、会釈（えしゃく）してこれを見送らねばならぬのだ。なによりも格と名誉を重んじる武家にとって、これは大きなことであった。

一つまちがえばお家騒動として、小幡、宇陀松山の両藩に傷をつけかねない訴えであったが、織田と徳川は格別の間柄として、幕府は評定を開いてくれた。

不幸だったのは、寛永三年（一六二六）に小幡藩初代信良が没したことであった。

二代となった信昌はまだ二歳と幼く、宇陀松山藩の高長が後見をしていた時期だけに、幕府の心象は悪かった。

後見役は親代わりである。いわば子が親を訴えたにひとしい。忠節孝養をもって天下を治めようとしていた幕府の顔を逆なでにした訴えは、あっさりと宇陀松山藩の勝利に終わった。

「本家争いは御上のご裁定がおりておりまする。いまさら……」

そんなことはありえないと首を振った生駒三左を冷たい眼で織田山城守が見た。

「ならばなぜ小幡は、従四位侍従まであがれるのだ。我が家は五位ぞ」

織田山城守は正鵠を射ていた。

訴えをあげられた幕府は、あとでどうにでもなるようにしていたのである。

いちおう本家は宇陀松山と裁定しておきながら、小幡の織田家には従四位まで許可する。これは江戸城内での席順は宇陀松山が勝っても、ひとたび京の御所に上がるとなれば逆転する。

いわば、どちらが上とでもとれるものであった。

「あの村正は徳川幕府にも知られている信長公の遺物。二代将軍秀忠さまの村正禁令のおりにも、この村正は破棄するにおよばずとお墨付きをいただいたほどのもの。あれをなくしたとなれば、我が藩は無事ではすまぬぞ」

「ま、まさに」

ようやく生駒三左の顔色が変わった。

「まったく宇陀の輩(やから)は役にたたぬ。やはり加賀衆でなくば、頼りにならぬ。もうよい、そなたは下がれ。かわりに中山を呼べ」

織田山城守が手を振った。

加賀衆とは、宇陀松山藩二代高長子飼いの家臣のことである。家督を継ぐまで、長く高長は加賀の前田家に寄寓(きぐう)していた。そのときに仕えていた家臣たちを藩主となったときに呼びよせ重用した。織田家が宇陀に配されて以来の大和衆と加賀衆は代を重ねてもうち解けることなく対立していた。

「殿」

「中山を呼べと申した。そなたは下がれ」

きびしい声で織田山城守が怒鳴りつけた。

唇をつよく結んで、生駒三左が平伏した。

中屋敷が襲撃されたと聞いて、深夜にもかかわらず、小石川の上屋敷から水戸徳川家当主右近衛権中将光圀がとんできた。

「あれは、ここにあったのか」

ことの顛末を聞かされた光圀は、大きくため息をついた。村正の名前を出さなかったのは、隣室に家臣が控えていたからであった。

「申しわけありませぬ」

隠していたことを真弓が詫びた。

「そんなことはいい。親父どのが、そなたに遺したにはそれだけのわけがあった。謝らずともよい」

光圀は、真弓の詫びを無用とした。

「緋の字よ」

真弓の後ろで控えている緋之介に光圀が声をかけた。

「おめえがついていながら、まんまと奪われるたあ」

「恥じいりまする」

言われて緋之介は、深く頭を垂れた。

「責めているんじゃねえ。そこをまちがうねえ」

長く公子とあつかわれず、浅草の下町で育った光圀の口調はくだけていた。

「おめえを出し抜けるほどの相手が、まだ江戸にいたことに驚いているんだ。おめえ以上の遣い手は、小野次郎右衛門忠常どのか、忠也どののしか知らねえ。どうだ、なんでもいい。気づいたことはねえか」

光圀は、手がかりを思いだせと言っていた。

「最初にお屋敷を襲った者と、真弓どのの刀を奪った者は別でござろう」

緋之介も村正の名前を使わなかった。

「なぜわかる。忍というのは、目的のためなら子でも殺すと言うぞ。あれを奪うために仲間を捨て駒にしたんじゃねえのか」

「そう仰せられるとなかなかに難しゅうございまするが」

緋之介は、もう一度村正を奪っていった忍を思いだした。

とっさに見あげた天井板の隙間にあった二つの瞳は、緋之介の脳裏にしっかり焼きついていた。

「忍は、執念深いものでござる」

「それは伊賀者で十分知ったわ」

光圀が首肯した。

「任にあるときは、仲間を殺されても見すごしまするが、終わればかならず復讐にやって参りまする」

「そうでなければ、身を捨てようとは思わぬわの。誰かが仇を討ってくれる。遺された家族の面倒を見てくれる。そう信じればこそ、命を投げ出せる」

「はい。拙者も忍と戦って知りました。仲間を斬られても淡々となすべきことをするだけでございまするが……」

緋之介は、一度言葉をきった。

「眼が変わりまする。仲間を殺された瞬間、黒装束からのぞく瞳の色が違ってくるのでございまする」

忍と命がけの戦いをしたことのある者でなければ、わからないものであった。

「あれを奪った忍の眼は、普通だったと」

「どちらかといえば、喜色に浮いていたようにも見えました」

「なるほどな」

納得した光圀は、隣室で控えている家臣を呼んだ。

「死体はあらためたか」

「はっ。なにも身元を明らかにするようなものはございませぬ。刀は反りのない直なもので、めずらしゅうございまするが、名のある鍛冶とは思えませぬ」

問われた家臣が答えた。

「そうか。しかたないの。夜の間に、死体を片づけておけ。将軍家お膝元で曲者に荒らされたなどと知られれば、家に傷がつく。きさまらの外聞にもかかわる」

「はっ」

光圀の皮肉に気づかぬ振りで、家臣が下がっていった。

「緋の字」

光圀が首で合図した。

「誰もおりませぬ」

耳を澄まして気配を探った緋之介が首肯した。

「村正に秘密はあったのか」

声をひそめて光圀が問うた。

「中子まで調べましたが、なにも」

「そうか。家康さまが遺された村正は全部で四本。そのなかで唯一行方のわからなかったものだからの。なにかあるかと思ったのだが」

奪われた尾張と紀州の二本と緋之介が護った越前松平家の一本はもともと宝物として藩で管理されていた。当然季節ごとに手入れされていた。もしなにか隠されていたなら、とっくに見つかっているはずであった。

「光圀さま」

「おいおい、義理とはいえ兄弟になるんだぜ、さまはねえだろ、さまは」

いつまでたっても固い緋之介に、光圀があきれた。

「千之助でいいやね」

光圀が言った。

千之助とは、光圀の異名である。当初光圀は緋之介に身分を明さず、母方の姓と幼名をあわせ、谷千之助と名のっていた。

「なんなら兄さんでもいいぜ」

「ご冗談を」

緋之介は苦笑した。わずかながら笑ったことで、緊張がおおきく解けた。緋之介の身に残っていた殺気が霧散した。

「やっとか。あいかわらず因果なことだ」

光圀が笑い、真弓の肩から力が抜けた。

「緋の字、おめえは鋭すぎる。少しは丸くなったようだが、太刀（たち）を抜いたまま生きていたんじゃやもたねえぞ。気を張るときに張れない野郎は役にたたねえが、ずっと張りっぱなしも使いにくい。ゆるめることも覚えろ」

「すみませぬ」

光圀に諭されるまで緋之介は、己が剣気をまとわせたままだったことに気づかなかった。

「おめえのことは信じている。でなきゃ、かわいい妹を嫁にやるものか。いいか、いくら神君家康公がお持ちだったとはいえ、村正はただの刀でしかねえ。そこをまちがうなよ。ものはいつか壊れる。だが、修繕も、あらたに作ることもできるのだ。人はそうはいかねえ。一度死んでしまえば、そこで終わり。死んでしまった者はまだいい。

もうなにも思うこともないからな。しかし、遺された者の思いはどうなる。毎日中屋敷を見張るなどという馬鹿は二度とするな。真弓を護りたいなら、さっさとおまえの所へ引き取れ」

「はい」

何度となく言われたことだったが、緋之介の耳の痛みは重ねるたびに強くなっていた。

「かといって、ここまでして欲しがる村正を放置しておくわけにもいかねえ。紀州の伯父によると、村正には徳川の幕府を吹き飛ばすほどの秘事が隠されているらしい。これを手にした者は天下をものにすることができるともな」

「天下を……」

あまりな大事に真弓が息をのんだ。

「天下人などとえらそうなことを言ったところで、徳川も簒奪者でしかない。この国のすべては、朝廷、いや天皇さまのもの。それを武士が力で奪い、幕府などと胸をはっているが、いわば盗人よ。徳川という盗人が天下を別の奴に奪われたところで自業自得だが、迷惑なのは庶民よ。このような情け容赦ない手段を使うような輩に支配されてはたまったものじゃねえ」

　苦い顔で光圀が語った。

「緋の字、無茶をするなと忠告したおいらが言えたことじゃねえが、力を貸してくれ。これ以上、徳川の血を引く者に愚かなまねをさせねえためにな。そのためには、水戸を潰してもかまわねえ」

　光圀が頭をさげた。

「……はい」

　顔をあげてくれなどと言うことは、光圀の覚悟に水をさす。緋之介ははっきりとうなずいて引き受けた。

　届けられた村正を前に本庄宮内小輔が感慨にふけっていた。

「ご苦労だったな」

　目の前で平伏している黒鍬者八代久也へねぎらいの言葉を投げ、本庄宮内小輔はゆっくりと真弓から奪った脇差を手に取った。

「灯りを」

八代が膝行して手燭で照らした。

「うむ」

満足そうに首肯して、本庄宮内小輔はまず拵えをあらためた。

「鞘は黒漆、こじりは彫金、鍔は南蛮鉄の透かし彫り。柄は白鮫皮に紺の真田紐か。それほどこったものではないな」

本庄宮内小輔は、こじりと鞘の隙間、鮫皮と柄糸の間になにかないかと舐めるように見た。

「なにもなさそうじゃ」

ちらと本庄宮内小輔が八代を見た。

「…………」

無言で八代も首を振った。

取ってこいと命じられたので持ってきましただけでは、引き立てられることはない。言われたことだけを確実にこなしていれば、切り捨てられることはないが、いつまでたっても道具のままである。

人前で太刀を帯びるどころか、公の場では名字を名のることも許されない小者にひとしい黒鍬者の身分から、将軍へ目通りのかなう旗本への出世を目指している八代は、己を役にたつと見せつけなければならない。脇差を本庄宮内小輔へ渡す前にきっちり調べあげていた。

しかし、最初からそれを告げてしまうと出すぎたやつと嫌われる。八代は本庄宮内小輔の求めがあるまで沈黙を守っていた。

八代から目をはずして、本庄宮内小輔が脇差を抜いた。

手燭の灯りが村正の刀身へと吸いこまれた。

「ううむ。剣の心得などないが、いつ見ても村正はうつくしいな。裏表の刃文がそろっておる。これは他の刀には見られないものだ」

見やすいようにわずかにかたむけられている手燭の光にすかしながら、本庄宮内小輔は満足そうにつぶやいた。

刀工の癖はまず刃文に出る。千子村正の特徴は、鏡に映したかのように刃の裏表の刃文が同じことであった。

「傷もなければ、なにか文字が彫られているようすもない」

ふたたび本庄宮内小輔が八代を見た。やはり八代は無言で頭を少し垂らした。

「中子を見る」

本庄宮内小輔が言った。

すぐに手燭を置いて八代は脇差を受けとり、目釘(めくぎ)を裏から叩(たた)いて抜いた。鍔を持って少しこじると小さな音がして、柄がはずれた。

畳のうえに懐紙を敷き、刃先を己に向けた状態で八代は、村正を本庄宮内小輔へと返した。

「うむ」

満足そうに首肯して、本庄宮内小輔は鍔を持って村正を取りあげた。

刀身とは違って研(と)がれていない中子は、焼き色もなまなましく、一種荒々しい雰囲気を醸しだしていた。

「着飾った女の中身を見るようじゃ」

みような感想を述べながら、本庄宮内小輔が中子を舐めるように調べた。

「銘だけか」

刀に秘密を隠すとすれば、普段人目に触れることのない中子が選ばれやすい。

本庄宮内小輔は、なんどもなんども中子をあらためた。

「この傷に意味はないのか」

中子には、鍛造のさいについた鎚の痕や、持ったときの重心を合わせるために削った鑿の傷などが残っていた。

「つくった者にしかわからぬ符牒であれば、どうにもなりませぬが、文字や絵の類はないかと」

紙に中子の拓本まで取って調べた八代が否定した。

「符牒となれば、解く鍵がなければわからぬな」

本庄宮内小輔は興味を失ったように、村正を置いた。

「水戸に伝わってはいないのか」

柄をはめている八代へ本庄宮内小輔が問うた。

「そのような話は出ておらなんだようでございまする」

八代が否定した。

「鞘のなかも見たのであろう」

「はい。きれいなものでございました」

本庄宮内小輔の質問に、八代はしっかりと返した。

「傷みやすい拵えに、それほどの大事を潜ませるとは思えぬしの」

鞘や柄糸は年月とともに劣化する。落胆する振りもなく本庄宮内小輔は八代の答えを認めた。

八代が村正をもとの姿に戻すのを待っていたかのように、本庄宮内小輔が話した。

「ふうむ。これで尾張、紀州、水戸と三家に伝わった村正はすべて手に入れたが、いまだ徳川の秘事にたどり着けてはおらぬ」

「はい。織田家の村正にもそれらしきものはございませなんだ」

すでに神田館（やかた）には四本の村正があった。

「越前の村正も手に入れねばならぬが、さすがに二度は無理か」

「難しゅうございまする」

本庄宮内小輔へ八代は首をかしげて見せた。

「小屋もなさけないことじゃ。刀一本満足に奪って来れぬとはな。その小屋が調べただけでは信用ならぬな」

「……………」

八代は無言で同意した。

「手に入れることはできずとも、見ることは可能じゃ。どうどうとお刀拝見を申しこめばいい」

銘刀があると聞いて拝見したいと申しこむのは、武家として普通のことであった。まったく面識がなくとも、前もって報せておけばほとんどの場合見ることができた。

もちろん断られることもあったが、御三家以上の格式を誇る館林藩の家老本庄宮内小輔の願いを拒否できる者はまずいなかった。

「村正があることを越前が認めることになりまするが」

徳川にとって不吉の村正を持っているとわかれば、越前家に傷がつく。

「越前は、御上に届け出たわ。家康さまよりご拝領と来歴をつけてな」

本庄宮内小輔が、告げた。

阿部豊後守に村正所有がばれた越前松平家は、苦肉の策としてことを公表することにした。

「神君家康さまより、藩祖秀康が戦の褒美として手ずからいただいたものと伝わっておりまする」

上島常也に無能と笑われた越前松平家家老の酒井玄蕃だったが、みごとな一手であった。いかに二代将軍秀忠の禁令があるとはいえ、それは家康にまでおよばなかった。家康より拝領となれば、今の将軍でも口出しできないのである。

さらに酒井玄蕃は、もう一手うっていた。

「伝わっております る」

ここに酒井玄蕃は逃げ道を作っていた。伝聞など新たな証拠が出てきたときにいくらでも訂正できる。

「なかなかやりおる。なれど、家康さまの名前をやすやすと振りまわすことのできる家が、いくつもあることはよろしくないな」

苦い笑いを浮かべながら、阿部豊後守が越前松平家から出された届けに裁可の花押を入れながら、冷たくつぶやいた。

しかし、幕府にとって神君家康の名前は重く、侵すことのできないものであった。

届けが受理されたことに安堵した越前松平家を、数日後本庄宮内小輔が訪れた。

「貴家に家康さまご愛用の刀がござるとか。是非後学のために拝見つかまつりたい」

村正の名前を口にせず、本庄宮内小輔が対応に出た酒井玄蕃に言った。

「……しばしお待ちを」

いかに銘刀といえども村正である。見たというだけで幕閣に睨まれかねない。誰も見せてくれと言ってこないだろうと高をくっていた酒井玄蕃は、驚愕を押し殺して、本庄宮内小輔の前に村正を置いた。

「拝見」

家康愛用とのいわくがつけられているのだ。本庄宮内小輔は、まず村正を額の上へと掲げて敬意を表した。

あとは作法どおりに、本庄宮内小輔は拵えを眺め、抜き身を鑑賞した。

「いや、眼福でござった」

本庄宮内小輔は、中子を見せて欲しいと言わずに村正を返した。

「さすがは家康さまご直系のお家柄。これほどのものが伝わっておるとは、おそれいりましてござる」

かたどおりのあいさつで越前松平家を辞去した本庄宮内小輔は、門前で待っていた八代に告げた。

「千子村正ではない。刃文が表裏で違っていたわ。おそらく三代村正あたりであろうな」

それこそ飽きるほど村正を調べたのだ。本庄宮内小輔は、一目で真贋を見抜けるまでになっていた。

「では……」

「ああ、あれは家康さまの残された秘事を刻んだものではない」

「となりますると」

「うむ。やはり尾張、紀伊、水戸に伝わったものしか考えられぬ」

馬に乗りながら本庄宮内小輔が言った。

手綱を取りながら八代が、問うた。

「では、どういたしましょう」

「訊いてみるしかあるまい。もっとも素直に応えてくれるかどうかは別だが」

ゆったりと馬に揺られながら、本庄宮内小輔が江戸城を見あげた。

「天守を失ったとはいえ、天下人の居城よ」

白い塗り壁が青い空に映えていた。

「お館さまこそ、主にふさわしい」

本庄宮内小輔が決意をあらたにした。

二

紀州家上屋敷の庭で池の鯉に餌をやりながら、頼宣が根来衆の報告を受けていた。

「ふうむ。なかなかにおもしろいことよな」

頼宣は人ごとのように笑った。

「これで光圀も肚をくくったであろう。いつまでも水戸は大名にあらずなどとすねていてもしかたないからな」

最後の麩がひときわ大きな真鯉の口に納まるのを見て、頼宣が背後に控えている根来衆に顔を向けた。

「内蔵介よ。すまなかった」

頼宣が詫びた。

「多くの根来衆に無駄死にを強いた」

「殿……そのようなことは」

頭をさげられて内蔵介が、あわてた。

「徳川の天下を生かすためとはいえ、むごいことを命じた。許せ。亡くなった者の家族には手厚く報いてやってくれ」

「かたじけなきお言葉」

内蔵介が庭に額を押しつけた。

「天下の主など無能でちょうどよいのだ。己が人に優れていると思いあがった者ほど天下人にむかぬ。なればこそ、父家康さまは、余に天下を残してくれなかった」

思いだすかのように頼宣が話した。

「天下を欲しいとねだった余に、父家康さまはこう仰せられた。頼宣よ、もし前田が謀反を企んでいるとしたら、そなたならどうすると。余はすぐに軍勢を発して、自ら征伐すると応えた」

頼宣の昔話を内蔵介は、全身を耳にして聞いた。

「父家康さまは、首を振ったわ。それでは、いつまで経っても戦が終わらぬと。謀反の火は力で潰せば潰すほどあちこちに飛んで行くことになり、すべてを消すことはできない。そうも言われた」

「…………」

「では、どうすればと問うた余に父家康さまは、秀忠ならどうすると思うとぎゃくに訊かれた。余は天下に号令を出して、軍勢を向かわせるとしか思いつかないと告げると、父家康さまは苦い顔をしてこう語られた」

「どのように」

興味のあまり内蔵介が、声を漏らした。

「秀忠はそのようなことはせぬ。謀反など起こす気にならぬよう、徹底した嫌がらせをすると仰せられたわ。秀忠の品性は下劣、その性は臆病。なればこそ、二代目にふさわしいのだとな」

「はあ」

わからないといった顔を内蔵介がした。

「豊臣家が滅ぶ前なら、そなたを将軍にしてやった。まだ勝負をつけねばならぬ相手があるゆえな。だが、豊臣は滅び、恩顧の大名たちも戦をするだけの余力を持たぬ今、そなたでは覇気(はき)がありすぎる。鷹狩(たかが)りをせよ。そして城から出るたびに民どもを見よ。皆、額から険が抜けている。世は戦に倦(う)んでいるのだ。そんなときに戦いをしたがる将軍では人がついてこぬぞ」

頼宣は家康の言葉を内蔵介ではなく、己に聞かせていた。

「武家の統領、将軍と偉ぶったところで、大名どもの与力がなければ、数百万石の主でしかない。大名どもも同じ、数十万石の太守と申したところで、年貢を納めてくれる百姓がいなくば、浪人者とどこが違う」

「まさに……」

聞かされた内蔵介も引きこまれていった。

「豊臣がなぜ滅びたか考えてみればわかる。父家康さまは、まだ子供でしかなかった余にそう言われて亡くなられた。答えを教えてはくださらなかった」

空を見あげながら、頼宣が息を吐いた。

「力ある者が天下を取る。父家康さまもそうして将軍となった。幕府は徳川の血を引いた者に将軍を継がせるためのものだ。ならば、息子のなかでもっとも強い余こそ将軍にふさわしい。若さゆえの覇気とはいえ、余は露骨に出していた。それが秀忠を猜疑に陥らせた。秀忠は未練たらたらながら、将軍を継がせたくなかった長男家光に渡し、己は大御所となった。代を重ねたことで、余は将軍の弟から、叔父へとなった。それだけ将軍から離されたのだ。頭に来たぞ。ならば、次の代に変わるとき、いかに家康さまの血から遠ざかることが、弱くなるかを見せつけてやろうと決意した」

「それが由井正雪でございますな」

内蔵介が口をはさんだ。

「うむ。謀反に手を貸す気はなかった。ただ、力なき者が将軍であることの落とし穴を世間に報せてやろうとしただけだったが、ちと遊びが過ぎたわ」

由井正雪の乱の黒幕は頼宣だと松平伊豆守たちが騒ぎたて、紀州家はいっそう幕府から警戒されることとなった。

「なかなか周到な計画であったが、つまるところ謀反の火は燃えあがる前に消されてしまった。伊豆守らの深慮遠謀もあった。しかし、なにより踊る者が少なすぎた。鎌倉にせよ、室町にせよ、一度できた幕府を潰すことはなかなかにできぬ。由井正雪は、過去に学ばなさすぎた。それがよかったのだがな。さすがに徳川の天下を傾けるわけにはいかぬでな」

「……………」

「なれど、謀反が成功しなかった真の理由は由井正雪の才不足ではなかった」

「ではなんでございましょう」

おもわず身を乗りだした内蔵介が尋ねた。

「それがわかるのに、今までかかったわ」

頼宣が苦笑した。

「人の願いよ」

「……願いでございまするか」

予想外の言葉に、内蔵介がくりかえした。

「願いではわかりにくいか。要は人の求めているものよ。内蔵介、そなた欲しいものはあるか」

問われて内蔵介が言った。

「正直にお答えいたすとすれば、今少し禄が欲しゅうございまする」

「ふふふ。余はの、一日でよいから将軍となってみたい。旗本八万騎の馬揃えを大手門から見おろしてみたい。かの大坂の陣で、父家康さまのもとに集まった十万の軍勢。あの光景が忘れられぬ。もう一度あのわきたつような思いを感じてみたい」

熱い声で頼宣も告げた。

「まあ、余の願いなどどうでもよいわ。歳甲斐もなく、はしゃいでしまった」

　苦笑して頼宣は続けた。

「内蔵介、そなたの願いは一見戦で手柄を立てればすむと思えるの。ならば、戦があればいいのか。たくさんの禄を得て、内蔵介はどうしたいのだ。多くの兵を抱え、さらに手柄をあげ、もっと禄を増やしていくか」

「いえ。そこまでは。ただ、少し毎日に余裕ができ、それを子供に残してやれたらとは思いまする」

　大きくなりすぎた話に内蔵介が首を振った。

「余裕、つまりうまいものを喰いたい。妻や子供に少し楽をさせてやりたい、そうだな」

「仰せのとおりでございまする。はなはだつまらぬ思いでございまするが」

　訊かれて内蔵介は首肯した。

「明日が知れぬ戦国で、なりたつことではないの」

　そこまで言われて、内蔵介が気づいた。

「わかったようじゃの。泰平でなくば、よい暮らしというのはできぬ。人は明日のあることを願うもの。父家康さまはそれを余に教えたかったのだ」

「なるほど。豊臣は戦国を覇したのに、朝鮮へ軍を進めた。それで天下を失うことになったのでございますな」

「うむ。すでに大名も庶民も戦いに辟易していたのだ。せっかく育てた稲を焼かれ、無理矢理戦に駆りだされる。その日その日しか考えられぬときはまだいい。他を知らぬでな。しかし、豊臣は天下を治めてしまった。我が国で争いはなくなり、庶民たちは豊臣家を中心に天下は定まった。戦はもうないと思ったのだ」

「なるほど。そこに新たな戦いを豊臣秀吉公はおこされた。それは庶民たちにとって迷惑すぎたと」

「そのとおりよ。余はそれに気づいたとき、父家康さまの偉大さにうちふるえたわ。と同時にどれほど余が子供であったかに思いあたった。不惑をこえてから、己の未熟に気づくのはなかなかに辛いものだ」

頼宣は、屋敷へ足を向けた。

「庶民、家臣あっての大名じゃ。そして天領の庶民、大名、旗本が支えての将軍よ。いつかふたたび戦の世はくるだろう。人は愚かゆえな。どうしても己の手にすべてを欲しがる。しかし、それは罪悪なのだ。一人で生きていけぬならば、周囲に災悪を撒いてはならぬ。おとなしく城の奥で女を抱いていればいい。それが泰平となった世の将軍に課された任なのだ。血統を絶やさぬこと。ただそれだけじゃ」

「天下の主が、それだけなのでございましょうか」

内蔵介が首をかしげた。

「そうよ。なにもしないことこそ将軍の仕事。そんなおもしろくもないものになりたくもないわ」

縁側にあがりながら、頼宣が笑った。

「将軍はそうでなくばならぬ。かといって、一門が馬鹿ばかりでは徳川が侮られ、取って代わろうとする者が現れる。それは乱を招く。それを防ぐにはいつでも将軍となれる枝葉が優れていなければならぬ。御三家はそのためのもの。かといって御三家が将軍になろうと野心を持っては本末転倒。それゆえ、御三家の家臣は当主ではなく将軍家に忠誠を誓う者ばかりなのだ。謀反を起こそうにも兵がついてこなければ、戦にもなるまい」

「ううむ」

すべてを聞いた内蔵介がうなった。

「おそるべきお考え」

内蔵介は、家康の深慮遠謀に驚いた。

「なればこそ、水戸の光圀は困るのだ。かなりできるのはわかるが、あいつは幕府ではなく京へ向きすぎなのだ。一門、それも徳川の名を冠した御三家が朝廷に尊敬の念をあきらかにするのは、幕府に不満を持つ者を力づけることになる」

「なるほど」

庭に膝を突いた内蔵介が納得した。

「村正を御三家に残されたのは、これを予想されていたのだろうなあ。父家康さまは。さて、光圀は気づくかの。根来衆を無駄死にさせてくれねばいいが」

頼宣がつぶやいた。

越前松平家の村正を確認した本庄宮内小輔は、徳川綱吉の名前で織江緋之介こと小野友悟と真弓の二人を館へ招いた。

「よく来てくれたな」

書院に姿を現した綱吉は、下座で控える二人をねぎらった。

「お招きをいただき、かたじけのうぞんじまする」

代表して緋之介が礼を述べた。

「先だって、そなたの父小野次郎右衛門の剣を見せてもらったが、すさまじいものだな。そなたもかなり遣うのであろう。一度見せてくれ」

綱吉が小野次郎右衛門を誉めた。

「まだまだ父には遠くおよびませぬ。とても御前にご覧いただだけるようなものではございませぬ」

緋之介は、恐縮しながら断った。

「そこまで深く考えずともよかろう。余興じゃ」

「いえ。本日は稽古の用意をいたしておりませぬ」

余興と言われて緋之介はきっぱりと断った。

「そうか。たしかに今日はそなたたちの祝いであったな」

すぐに綱吉が退いた。

「膳を用意いたせ」

綱吉が命じた。

三の膳まである豪勢なものが並べられた。

「すまぬが、我が館林の家宰をつとめる本庄宮内小輔も同席させてもらう」

襖を開けて本庄宮内小輔が姿を現した。

「本庄宮内小輔でございまする。本日は同席をお許しくださり、まことにかたじけのうございまする」

緋之介と真弓の同意を訊く前に、本庄宮内小輔が綱吉の右に席をしめた。

「酒を」

綱吉の命で、四名の盃に酒が注がれた。

「小野友悟、そなたを我が一門に迎えることを喜ばしく思うぞ」

酒を干して、綱吉が言った。

「おそれいりまする」

膳に盃を置いて、緋之介は頭を下げた。

いわば敵地である。今回は正式な招きであり、まずおかしなことをしてくることはないと思われるが、万一を危惧するのが剣術遣いである。緋之介は最初の一杯にさえ口をつけなかった。

「ふむ」

気づいた綱吉が眉をひそめた。

「よいのか」

並んで坐っている真弓が気を遣った。

「…………」

無言で緋之介は首肯した。

不機嫌になった綱吉も口を開かず、宴は静かになった。

宴が終わったところで、本庄宮内小輔が緋之介に顔を向けた。

「小野どの。将軍家剣術指南役の一族に連なられる御仁として、やはり刀剣にはこだわりをおもちでござるかな」

「銘にこだわることはございませぬが、やはり気にはしておりまする」

問われて緋之介は答えた。

「お使いの太刀は」

「祖父忠明が遣っておりましたものでございますが、銘はございませぬ」

「おお、かの小野忠明どのが佩かれていたものでござるか。是非に拝見いたしたい」

本庄宮内小輔が、つけいってきた。

「それは見てみたいな。剣鬼小野忠明の刀か」

身を乗り出して綱吉も興味を示した。

「お見せするほどのものではございませぬが」

剣の披露を断っているのだ。これ以上綱吉の求めを、緋之介は断ることができなかった。

太刀は、綱吉へ目通りする前に預けていた。緋之介は廊下に控えていた家臣に頼んで書院まで持って来てもらった。

「どうぞ、そのまま宰相さまのおもとへ」

緋之介は太刀を手にせず、直接綱吉に渡した。

家臣から綱吉が、太刀を受けとった。

「これが小野忠明が人を斬った刀か。質素な拵えじゃな」

興味津々と綱吉が鞘や鍔、小柄などをいじくった。他人の刀を見せてもらうにはあまりに礼に反した行為であったが、控えている家臣の誰も注意しなかった。

不快に思った緋之介だったが、主筋の綱吉に文句はつけられず、無礼を見ないようにと下を向いた。

「お館さま。わたくしめにも」

本庄宮内小輔が膝行した。

「おお、見よ。どれほどの剛剣かと思ったが、意外に軽い。これならば、余の太刀がよほど分が厚いわ」

手で重さを量るように、綱吉が太刀を上下させた。

「このようなもので、人が斬れるのか。持ってみろ、宮内小輔」

綱吉が本庄宮内小輔を招いた。

「拝見」

両手で本庄宮内小輔が受けた。

「これは、思いのほか軽い。では、本身を見せていただきますぞ」

本庄宮内小輔は、いちおうの礼儀をもって緋之介に声をかけた。

「どうぞ」

緋之介は首肯した。

「これは……」

抜きはなった本庄宮内小輔が絶句した。できるだけの手入れをしたとはいえ、研ぎに出したわけではない。緋之介の太刀にはまだ血脂の曇りが残っていた。

「どうした。なにかみょうに白いようだが」

寵臣の態度を不審に思った綱吉が訊いた。

「お館さまがご覧になるものではございませぬ」

あわてて本庄宮内小輔が止めた。

「そちがそう言うなら……」

本庄宮内小輔の勢いに綱吉が退いた。

「いや眼福でござった」

緋之介に太刀を返しながら、本庄宮内小輔がさらに話を続けた。

「なかなかの名刀でござる。細身ながら槍にもまさる鋭さでござる」

「いえ」

受けとった刀をふたたび館林の家臣に預けながら、緋之介が謙遜した。

「あえてこれだけの太刀を帯びておられるには、それだけの見識と眼をおもちでござろう」

そこで言葉をきって本庄宮内小輔が、綱吉に顔を向けた。

「お館さま。かの刀を小野どのにご鑑定願ってはいかがでございましょう」

「うむ。それは名案であるな」

綱吉が膝を打った。

「持って参れ」

綱吉が声をあげて命じた。

すぐに家臣が書院に入ってきた。目よりも高く脇差を捧げてきたのは、黒鍬者の八代であった。八代の侍姿は、板に付いていた。

「織江……」

「……まさか」

一目見た瞬間、真弓と緋之介は息をのんだ。家臣が緋之介の前に置いた脇差はまちがいなく真弓のものであった。

「これは……」

気色ばむ真弓を、緋之介が抑えた。

「刃を見るまで、お待ちあれ」

緋之介に言われて、真弓が我慢した。

「それでは、拝見」

作法どおり緋之介は、脇差を抜いた。

覗きこんでいた真弓の顔色が変わった。出てきたのはやはり村正であった。

「これは、どのような」

わざと緋之介は来歴を訊いた。

「あいにく詳しいことはわからぬ。いつのまにか我が手元にあったものじゃ。誰かから献じられたものであろう」

綱吉がうそぶいた。

緋之介は村正の刀身に見入る振りをしながら、わずかに角度を変えて村正の刃文の反射を床に映した。

「……織江」

真弓が小さな声で問うたのに、緋之介は首を振った。なにかびみょうな影はあるのだが、形にならないのだ。

なんども光が床に浮かんだ。緋之介はそこにばかり注意が行かないようにと気づかったが、真弓は己の奪われた刀が出てきたこともあってか、じっと床を這う反射を追った。

緋之介を監視していた八代が、真弓の動きに気づいた。

「すさまじいまでの業物と感じ入りましてございまする」

ゆっくりと緋之介は脇差を鞘に戻した。

「中子を検めずともよろしいのか」

本庄宮内小輔が、質問した。刀剣の鑑定を求められた場合、中子まであらためるのが筋であった。

「とてもわたくしの眼がおよぶところではございませぬ」

緋之介は断った。

「それは残念でござる。刀の美しさだけではなく実用について教えていただきたかったのだが」

八代の目配せに気づいた本庄宮内小輔が、あっさりと退いた。

「素人目ながら、関鍛冶と見ましたが、どうでござろう」

本庄宮内小輔が、最後の追い打ちに出た。初代村正は美濃で生まれ、伊勢で刀を打った鍛治である。美濃を代表する関鍛冶の影響を受けていて当然であった。

「拙者もそのように」

言葉尻を取られないように、注意しながら緋之介が同意した。

「眼福つかまつりました。かたじけのうございまする」

緋之介は、村正のことから離れると宣した。

「殿」

一人の家臣が、書院前の廊下に膝を突いた。

「加藤(かとう)ではないか。なんじゃ」

綱吉が声をかけたのは、館林藩剣術指南役の加藤であった。かつて加藤は、綱吉の前で剣技を見せた小野次郎右衛門忠常に稽古試合を申し込み、射竦(いすく)めを喰らって気絶したことがあった。

「剣術指南役として、殿にお願い申しあげまする。是非に小野次郎右衛門どのがご子息と一手の手合わせをお許し下さいますよう」

加藤が綱吉に頼んだ。

「そなた一度小野次郎右衛門忠常と試合をしたではないか。当主でもない部屋住みの息子と剣をあわせる理由がわからぬ」

　願いを聞いた綱吉が首をかしげた。

「たしかにさようでございましたが、聞けば小野友悟どのは小野派一刀流ではないとのこと。さきほど殿もご覧になられましたように、お持ちの刀も一刀流一の太刀、かの水瓶ごとなかにいる賊を両断した剛とはあきらかにちがいまする。小野派一刀流の正統にありながら、あえて別の道を行かれたご子息の剣、是非に」

　滔滔と理由を加藤が述べた。

「ふむ。剣術を学ぶ者として無理なき願いではある」

　綱吉が、思案した。

　真弓がほんの少し身体をかたむけて、緋之介に囁いた。

「どうやら最初から仕組まれていたようだな」

「そのようでござるな」

　緋之介もさきほどから家老本庄宮内小輔を見ていて、そう感じていた。

　今日の緋之介と真弓は、綱吉の招きに応じた客であった。客に家臣が試合をねだるなど、主のしつけを疑わせるものだが、本来止めにはいるべき本庄宮内小輔はまったく動かないのだ。

「受けるのか」

「逃がしてはくれますまい」

苦笑した緋之介はあきらめていた。

「どうであろうな。剣を生涯の目的とした者としては、しごくあたりまえの願いだと思う。小野、宴会の座興と思って、試合をしてやってはくれぬか」

緋之介へと綱吉が言った。

「本日は、お招きに参じただけでございまするが」

「わかっておる。そこをまげてくれ」

形だけとはいえ、主筋に頭をさげられては、抗弁しようがなくなった。綱吉二度の願いを断ったとなれば、実家に累がおよびかねなかった。

「では、一度だけ。それも袋竹刀にてでよろしゅうございましょうか」

緋之介が条件を付けた。

「竹刀などという軟弱なものでは、なにひとつ身につきませぬ。せめて木刀で願いたい」

綱吉よりも先に加藤が口を出した。

「それならばお断りいたしましょう。そちらから望まれた試合でござる。こちらの話を聞けぬと言われるなら、わたくしも受ける理由はございませぬ」

きっぱりと緋之介は拒否した。

「では、宰相さま、本日はお招きをたまわりかたじけなく御礼申しあげまする。長居するは、かえってご多用な宰相さまの邪魔となりましょうほどに。真弓どの」

「うむ。宰相さまの、お心づくしをまことにありがたくちょうだいいたしましてございまする。お礼は後日あらためまして、兄光圀よりさせていただきまする」

真弓も緋之介に同調して、別れのあいさつをした。

「逃げられるか」

加藤が気色ばんだ。

「無礼者め」

聞いた真弓が怒鳴りつけた。

「陪臣(ばいしん)の身分で、我が夫となるべき者になにを申したか」

「これは……申しわけないことを」

さすがに加藤も顔色を変えた。

「水戸の姫よ。そう怒ってくれるな。この者はあとできつく叱っておくゆえな」

綱吉が取りなした。

「のう、小野。このまま帰っては後味も悪かろう。余もせっかく招いた客人の気分を害したとあっては、名がすたる。ここは余の頼みということで、きいてはくれぬか」

「竹刀でよろしければ」

「もちろんじゃ。では、道場へ座を移すぞ」

率先して綱吉が席を立った。

神田館の道場は、緋之介の実家よりも広く豪勢であった。

道場のなかに入ったのは、綱吉、本庄宮内小輔、緋之介、そして加藤だけであった。

水戸家の姫とはいえ、真弓は女の身である。道場の主である綱吉の許しがなければ、足を踏みいれるのは遠慮しなければならなかった。

用意された敷物に腰をおろした真弓の斜め後ろに八代が控えた。

「一本勝負でよろしいな」

「せめて三本は願いたい」

厳しい対応に腹をたてた加藤が、食いさがった。

「木刀勝負を望まれたわりには、二度があるとお考えか。貴殿が軟弱と断じた竹刀でなければ、二本目はござらぬぞ」

緋之介はわざと嘲笑した。

「……一本でよろしゅうござる」

加藤の顔色が変わった。

見学している真弓に、八代が声をかけた。

「ご心配ではございませぬか」

「誰がだ。織江がか」

訊かれて真弓が笑った。

「たしかに心配ではある。やりすぎぬかとな」

信頼に満ちたほほえみに八代が見とれた。

「吾も同じだが、織江もまだまだ未熟。要らぬ恨みをあえて買いに行く」

もう真弓は八代のことなど頭から追いだしていた。

「だが、それゆえに愛おしいのだ。すべてに一途な織江がな」

真弓がそうつぶやいたとき、試合が始まった。

「審判などいるまい。あきらかな勝敗を見せてくれるであろう」

楽しげに綱吉が開始を命じた。

緋之介は手にした竹刀を青眼に構えた。同じように加藤も竹刀をあげた。

「念流か」

緋之介は、癖のある青眼ですぐに見抜いた。

「そくひづけか」

樋口念流は、上州で始まった流派である。やはりその最初は慈恩禅師にまでさかのぼる。がっしりと腰を落として、狂いのない重心からくりだす重い一刀は、太刀で受ければ折れるほどの威力があった。その樋口念流の極意がそくひづけであった。

そくひづけとは、青眼の構えのまま間合いを詰め、敵の太刀と己の刀を触れあわせる技であった。そくひとは、米を煮詰めて作る糊のことだ。敵の刃を捕らえ、まるで糊でつけたようにその動きを制することから、この名前が付いた。

「くらってみるがいい」

敵意を表情に浮かべたまま、加藤がすり足で寄ってきた。

三間（約五・四メートル）であった間合いが、二間（約三・六メートル）を割った。

じわじわと迫ってくる加藤へ、緋之介はすたすたと近づいた。

「えっ」

見ていた誰もが驚くほどあっさりと緋之介は間合いをなくした。

「な、なに」

一間（約一・八メートル）を割った間合いに、加藤が焦った。

「おう」

少しうわずった気合いを吐いて、竹刀を緋之介のものへと押し当てた。

「見よ。これでおぬしの竹刀は、もういうことをきかぬ」

勝ち誇ったように加藤が告げた。

緋之介は無言で竹刀を左右に倒したり、引いたりした。

「ほう。たしかにしっかりくっついてくるな。しかし、動けるではないか」

緋之介は竹刀をぐっと上段へあげた。加藤の竹刀も一緒に天井を指した。

「わ、わああ」

つられて加藤の両手が上がり、胴ががらあきになった。

「竹刀は、貴殿の思いどおりになったのではない。拙者の考えたように動くのだ。そくひづけ、たしかに類を見ない技であるが、驚いた敵がつくり出す隙を狙うための前技、まねではないか」

ゆっくりと緋之介は、上段の太刀をおろし始めた。

「このくらいならまねできても、飛燕の疾さにはついてこられまい」

不意に緋之介は竹刀を落とした。

「ぎゃっ」

面をしたたかに打たれた加藤が、苦鳴をあげて崩れた。

「な、なにがどうなったのだ」

綱吉が本庄宮内小輔に訊いた。

「わ、わかりませぬ。竹刀が消えたように見えましてございまする」

問われた本庄宮内小輔も見えていなかった。

「なんだ、今のは」

八代が思わず声を漏らした。さすがに八代の目には緋之介の竹刀が映っていた。

「真っ向に落ちた竹刀が、右側頭を撃った。竹刀が弓のようにしなったぞ」

「飛燕の太刀と申すそうだ。柳生十兵衛(じゅうべえ)どのが編みだされたものだという。もっとも吾にも見えぬのだがな」

真弓がほほえんだ。

「…………」

聞いても八代は返答できなかった。

「宰相さま」

いつまで経っても終わりの合図がだされないことに業を煮やして、緋之介は膝を突いた。

「あ、ああ。見事であった。父に劣らぬ遣い手である」

あっけにとられながら、綱吉が緋之介を誉(ほ)めた。

「では、これにて失礼をいたしまする」

緋之介は真弓をうながすと、まだ対応しかねている一同を残して、神田館を後にした。

「あいかわらず、やりすぎぞ」

武家娘姿の真弓が、肩を並べながらあきれた。

　女は男の後ろをついていかねばならぬというのは、通常の場合である。婿養子、あるいは、妻の実家がはるかに格上のおりは、ともに並ぶが当然であった。身分差があまりにあるときは、夫が妻の従者のようになることもある。

　すれ違う人たちは多少奇異な目で見るが、緋之介と真弓は気にもしていなかった。

「あれでは、あのなんとかという剣術指南役の立つ瀬があるまい」

　真弓が緋之介をたしなめた。剣術指南役は剣の腕で藩に仕えるのだ。試合で負ければ、進退伺いを出さねばならなかった。

「余興でござる。おそらく、罪には問われますまい」

　緋之介は、綱吉が余興と言ったことを肚に据えかねていた。

「そうはいくまい。織江、なんのために我らが招かれたと思うのだ」

　あらためて真弓が緋之介に質問した。

「真弓どのの村正を見せて、反応を探りたかったのでございましょう」

「であろうな」

　緋之介の考えに真弓も同意した。

「よけいなことをいたしたやも」

刀身に光を当てるべきではなかったと緋之介は反省した。

「気にせずともよいのではないか」

なぐさめるような口調ではなかった。

「織江、村正に隠された徳川最大の秘事とはなんであろうな」

「……わかりませぬ」

あまりに話が大きすぎて、緋之介の想像をこえていた。

「秘事が世に出たらどうなる」

「幕府が揺れる。いや、下手(へた)をすると崩壊するやも知れませぬ」

問われて緋之介は答えた。

「崩壊するのであろうか」

「えっ」

真弓の言葉に、緋之介は考えた。

「大名たちに野望なく、武士から覇気が消えた。なにより戦をする金がない」

「戦乱の世は来ぬと」

「おそらくな。村正の秘事があらわになったところで、大山鳴動鼠(ねずみ)一匹にしかなるまい」

「ならばよろしいが」

緋之介は先日の家綱を襲った連中のことが気になっていた。

「なるようにしかならぬ。我らがあがいたところで、なにも変わらぬ」

そう言った真弓が足を早めた。

三

根来衆から水戸家の村正が綱吉のもとへ運ばれたことを聞いた頼宣は、緋之介と真弓の招待が終わるのを待って神田館を訪れた。

「これは、権大納言さま」

数名を伴っただけの頼宣を綱吉が出迎えた。別家した以上一門でしかない。現将軍の弟であっても、家康の息子には一歩引かなければならなかった。

「宰相どのよ。あいさつは抜きじゃ。むだにときを費やす気はない。率直に問う。水戸家に伝わる村正を手に入れられたな」

案内された客座敷に腰をおろすなり、頼宣が確認した。

「なんのことでございましょう」

「とぼけるなと申したはずだが。ついでに我が家の村正も、尾張のものもお手元にござろう。隠しても無駄じゃ。宮内小輔であったかの。隣座敷で耳をそばだてておらずに、こちらへこい。そなたもおったほうが話になる」

頼宣が呼んだ。

「ご無礼をつかまつりまする」

襖を開けて本庄宮内小輔が現れた。

「聞いておったであろう、宮内小輔」

「失礼とは存じましたが、主の身を案じるあまりのことと……」

「ふん。いちいちもっともらしい言いわけをするな」

ていねいに頭をさげる本庄宮内小輔を頼宣が止めた。

「手のうちを晒してやるゆえ、そちらも見せよ。余には神君家康さまより、根来衆がつけられた。宰相どのよ。貴殿は誰から忍を与えられたのだ」

頼宣が言った。

「根来衆……」

　聞いた本庄宮内小輔が息をのんだ。

「存じておるのか」

　寵臣の態度に、綱吉が反応した。

「はっ。もとは根来寺の僧兵であったと伝えられておりますが、かの織田信長どのを長く苦しめた強者ばかり」

　京の雑色出身だけに、本庄宮内小輔は根来衆のことを知っていた。

「水戸の屋敷を襲ったのは、我が手の者」

　あっさりと頼宣は、述べた。

「では……」

「そうじゃ。こちらの忍が、水戸の姫から村正を奪った一部始終も見ていたということよ。ついでに、その盗人が、神田館に入っていくのもな」

　頼宣が止めを刺した。

「お館さま、隠しおおせられぬようでございまする」

　すべてを知られているとさとった本庄宮内小輔が綱吉を見た。

「余は知らぬぞ。聞かぬほうがよさそうじゃ」

さっさと綱吉が客間から出ていった。

「あれでよいのか」

思わず頼宣が問うた。

「我らには、あのお方しかおられませぬゆえ」

本庄宮内小輔が真顔で告げた。

「そうだの。まあ、あれも我が血族であるからな。将軍になる格は有しておる。しかし、主に逃げられた家臣というのはつらいの」

頼宣が同情した。

「…………」

無言で本庄宮内小輔が頼宣を見た。

「用件じゃがな。水戸から奪った村正を見せてくれ。解き方もな」

「どうしてそれを……」

刀を奪ったことはばれていても、村正のなぞにせまる方法は、緋之介が示しただけなのだ。あの場には黒鍬者を束ねる八代がいた。八代に気づかれることなく、忍ぶことはまずできないはずであった。

「案外抜けておるの。宮内小輔よ。まだ婚姻をなしてもおらず、一門と呼ぶには無理のある部屋住みの小野友悟を水戸の姫共々に招いたのだ。目的が村正にあることくらい、子供にでもわかろう。忍を入れずとも知れる。それに忍を潜ませていたならば、訊くはずはない。であろ」

弟子を教えるように頼宣が語った。

「なにもかも」

「余は神ではないからの。すべてはわからぬ。だが、命のやりとりをしたことのないおぬしたちのすることくらいは読めるぞ」

頼宣は、無駄な抵抗はするなと告げた。

「紀州公、どうなされるおつもりでございましょうや。幕府にお訴えなされますか。五代将軍の座を狙っていると」

「そのようなことどうでもよいわ。先日の家綱襲撃は、館林の手ではなかろう。知ってはいたようだが。刺客が三度ほど綱吉どのを見た。甲府宰相綱重どのには、一度も目をやらなかったにもかかわらずだ。あの場で指示を仰ぐようなあほうな刺客を雇う馬鹿はおらぬ。となれば、その意味はただ一つ、家綱公の次に綱吉どのの首をということだ」

家綱襲撃の奥も、頼宣は見抜いていた。

「綱重についている者は、宮内小輔、そなたより二枚劣るわ。最後に由井正雪が残党と名のったのがよけいであった。慶安の乱に関係したと疑われた余に罪をかぶせたかったのだろうが、家光さま大事の松平伊豆守ならばいざ知らず、阿部豊後守は家綱公至上。家光さまの血を引いていようとも家綱公に牙剝くことは許さぬ。ひっかかった振りさえせぬだろうよ」

「なにかしらの罰が甲府宰相綱重どのに行くと」

本庄宮内小輔が尋ねた。

「さあの。豊後守ごときの考えなど読む気にもならぬ。だが、そのままですませるような輩ではないな」

阿部豊後守の執念深さを身に染みて頼宣は知っていた。由井正雪との関連を疑われたとき、とにかく紀州家を潰そうと力押ししてくる松平伊豆守よりも、頼宣と国元を切り離し、力を削いでから息の根を止めようと画策した阿部豊後守に手こずったのだ。

「宮内小輔、今は綱重どのがおるから、綱吉どのは見逃されておるが、甲府の次は館林ぞ」

「権大納言さま。卿が敵でないという証拠は」

「そのようなものあるか」

問われて頼宣が嘲笑した。

「武士の約定は金よりも固いなどと寝言をほざくつもりではあるまいな。それが武士の規範などと思っているなら、家康さまをおとしめることになるぞ。豊臣秀吉が死ぬとき、息子秀頼どののことを家康さまに固く頼み、誓詞まで交わしたという。それを反古にして神君家康公は大坂を滅ぼした。違うか」

「そんなつもりは……」

幕府にかかわりある者に神君家康の名前はなによりも重い。あわてて本庄宮内小輔が詫びた。

「誓詞をくだされとまで申しているのではございませぬ」

本庄宮内小輔が手を振った。

「口で味方でござると言えばいいのか。見あやまったかの。このていどの家臣しかもっておらぬなら、綱吉どのはとうてい高みへ登ることはできぬ。どれ、帰るとするか」

あきれて頼宣が腰を浮かした。

「お待ちあれ。ご無礼の段は平に」

袖（そで）をつかまんばかりにして本庄宮内小輔が引き止めた。

「宮内小輔」

綱吉が、ようやく帰ってきた。背後にもう一人の傅役（もりやく）牧野備後守が付いて来ていた。

「さとされたか」

あきらかに目をそらす綱吉に、頼宣は苦笑した。

「目付（めつけ）を連れて来られなかっただけで、紀州公が敵か味方かはわかりましてございまする」

「ほっ、なかなか。血縁のある宮内小輔より、見えておるな、備後。ただの子守りではないようじゃな」

意外とばかりに頼宣が目を大きくした。

「…………」

いままでとの違いに、本庄宮内小輔も驚きで声を失っていた。

「わたくしの任は、綱吉さまを無事にお育てすることでございまする。ただそれだけ。綱吉さまが将軍となられるかどうかなど、どうでもよろしかったのでございますが、さすがにこうなっては見すごしもできませぬ。このままでは、綱吉さまの末にはばかりができましょう」

落ちついた声で牧野備後守が述べた。

「よき判断である」

頼宣も認めた。

「持って参れ」

牧野備後守の命で、すぐに村正が持ちこまれた。

「どうすればいい」

頼宣は試そうともせずに訊いた。

「宮内小輔どの」

まだ対応できない本庄宮内小輔を、牧野備後守がうながした。

「このように光を反射させて、その影を……」

のろのろと動きだした本庄宮内小輔が、村正を抜き、刀身に光をあてた。跳ねた光が襖に映った。

「なにやら、筋のようなものがあるが、わからぬな」

「どうやら刀身の研ぎ方で現れているようで、目では見つかりませせぬ」

村正に光をあてながら、本庄宮内小輔が告げた。

「ここに、あれを写したものがございまする」

懐から本庄宮内小輔が一枚の紙を差しだした。

「かな文字か。何と書いてある。最近目が悪くなってての」

見た頼宣が首をかしげた。

「ヒュウカと。あと少し離れてテン」

「わからぬの」

頼宣が首をかしげた。

「余の村正をお返し願おう」

ただちに紀州家から盗まれた脇差が返された。

「やれやれ、収穫は己の脇差だけか」

疲れたように頼宣が息を吐いた。

「まあよいわ。父の柩（ひつぎ）を開けてまで手にした脇差、余にとっては一国以上の価値があるのでな」

受けとって頼宣は慈しむように鞘を撫（な）でた。

「それは家康さまから譲られたものではございませぬのか」

聞いた本庄宮内小輔が驚いた。

「うむ。これはな、兄信康が腹を切った村正よ。父家康公はこれを死後棺桶（かんおけ）に入れてくれと遺言されたのだが、余が貰（もら）った」

「お待ちくだされ。たしか信康さまがお遣いになられた村正は、遺髪とともに織田信長公がもとに届けられたのでは」

本庄宮内小輔が訊いた。

「入れかえられたのよ。息子が最後に手にしたものだ。親として手放せまい。家康公は、別の村正を届けさせた。そのていどのことは簡単であったはずだ。なにせ、兄信康の切腹検分役は、かの服部半蔵（はっとりはんぞう）であったからな」

頼宣が笑った。服部半蔵とは伊賀忍者の頭領である。早くから家康に仕え、厚い信頼を得ていた。

「そのたいせつな刀に、傷などつけてはおらぬであろうな」

「ていちょうにあつかっておりました」

必死の形相（ぎょうそう）で本庄宮内小輔が首を振った。

「どれ……」

鞘走らせて、頼宣は刀身をあらためた。

「異状はないようだ。まさか、我が家の脇差にも仕掛けが……」

長年自ら手入れをしてきた村正である。なにもないと信じていた頼宣が絶句した。

襖に反射した光に影があった。

「なにかあるぞ。写せ、宮内小輔」

怒鳴るように命じられて、本庄宮内小輔が急いで懐紙と矢立を出した。

「ミカワと読めまする。やはりすこし離れたところに十字が見えまする」

「徳川の本願地ではないか。もしや、尾張の」

「おいっ」

頼宣に最後まで言わせず、本庄宮内小輔が家臣に命じた。

すぐに尾張の村正が持ちこまれ、刀身に光があてられた。

「チクセン。あとシヨウと」

「筑前か。余の村正には三河。となると水戸の村正は日向か」

「国の名前でございましょうか」

　本庄宮内小輔が問うた。

「日向、三河、筑前……徳川と縁があるのは三河だけではないか。まさか、すべての国の名前だけ村正があるというのではあるまいな」

「六十本をこえることになりまする」

　呆然と本庄宮内小輔が言った。

「さすがにそこまではないか」

　自嘲した頼宣の顔色が凍った。秀忠の禁令で村正はそれこそ根こそぎに近いほど狩りだされ、折られていた。

「この三本だけでは、なんのことやらわからぬ。ミカワ、ヒュウカ、チクセンか。どれも今は大名たちの所領。テン、十、シヨウになっては、まったくわからん」

　村正を鞘に納めながら、思案していた頼宣が絶句した。

「ま、まさか……」

「どうなされた」

　表情の変わった頼宣に、牧野備後守が訊いた。

「いや、余の考え違いじゃ。村正は返してもらうぞ。あと水戸のも預かって帰るぞ。余から渡すほうが角がたつまい。尾張のことまでは知らぬ。そっちで勝手にせい」

　両手に脇差をさげて、頼宣が席を立った。

「約束どおり、今回の一件は、余から水戸へと取りなしておく。綱吉どのよ。将軍の座が欲しくば、ときを待たれよ。子供ができたことで焦ったのだろうが、甲府綱重どのは早すぎた。よく見ておかれるがいい。家光、家綱と二代にわたって栄華を誇った幕閣どもの恐ろしさをな」

　別れのあいさつもできずに、うつむいている綱吉へ、頼宣が顔を向けた。

「約束どおり、紀州は綱吉どのが将軍へ推戴（すいたい）されたおりに反対はせぬ。余が死んだ後もじゃ。光貞（みつさだ）には命じておく」

「されどこのまま家綱さまにお子さまがお生まれになれば」

　すがるように本庄宮内小輔が、頼宣へ問うた。

「そのときは、運がなかったとあきらめよ。無能でも兄は兄。戦に飽きた世が求めたのは、武将ではなく戦えぬ凡将と報された余のようにな」

頼宣は、そう言うと神田館を後にした。

四

緋之介から一件の報告を受けて光圀は、顔をゆがめた。

「村正は、館林の手にわたったか」

「取り返すことはできませなんだ」

水戸の一門に繋がる者として招かれた席でことを荒立てたら、光圀に迷惑がかかる。

「ああ、それはしかたのないことだ」

光圀は緋之介をなぐさめた。

「綱吉め、将軍によほどなりたいと見える。緋の字、ごくろうだったな。今宵は、おいらにつきあえ。ながく明雀の顔を見ていないからな。あんまりほったらかしておくと後が怖い」

帰る緋之介について光圀も吉原へと足を向けた。

「ずいぶんとお見限りでありんしたなあ」

光圀の言ったとおり、明雀は目をきりっとつり上げて、二人を迎えた。

「わたくしはお邪魔のようでござる」

朴念仁を絵に描いたような緋之介でも、このあと二人がどのようなことをするのかはわかった。数カ月ぶりになる逢瀬を妨げてはいけないことくらい、緋之介も学んでいた。

「おいおい。いいじゃねえか。酒くらい一緒に飲んでいけ」

引き止める光圀の手を押さえて、明雀が緋之介にほほえんだ。

「おかたじけ。客の床急ぎは嫌われやんすが、遊女は別。織江さま、恩に着やんすえ」

婉然と笑う明雀に背筋が逆立つほどの艶を感じながら、緋之介は離れへと戻った。

半刻（約一時間）ほどのち、荒い息をついている明雀のとなりで、煙草に火をつけた光圀へ声がかけられた。

「野暮は承知のうえ。水戸の中将どのよ。よいかの」

「紀州の伯父上。しばしお待ちを」

あわてて光圀が身支度を始めた。

「襖を開けるようなまねはせぬ。ゆるりとな」

「主さま。申しわけござんせん」

情事のあとのけだるさを払い落として、明雀が詫びた。

「おめえが呼んだのか」

「あい。いえ。主さまにどうしても話したいことがあるゆえ、是非に報せてくれと頼まれていやんした」

「さきに言え。知っていたら、あとにしたのによ」

苦笑しながら光圀が袴をはいた。

「窓を開けな。これじゃあ、入ってもらえねえ」

部屋には男女の濃密な匂いがこもっていた。

「大丈夫でありんす。彦さん」

「すでに御座は三浦屋にしたててござんす」

襖の向こうから三浦屋の忘八彦也が返事をした。

「紀州さまをご案内しておくんなまし」

明雀の命で、忘八の彦也が頼宣を三浦屋へと誘った。

身分のない吉原だからこそ許される風景であった。従二位権大納言という、大名に与えられる最高の官位をもつ徳川御三家の当主を、人別さえ失った忘八が先導して、別の遊女屋へと連れていくのだ。

濡れた手ぬぐいで汗を拭くのもそこそこに、光圀は頼宣の後を追った。

「吉原は変わらないの」

三浦屋の客座敷で楽しそうに頼宣が笑った。

「客は変われど吉原は常のごとく。なにもかもが今風になってしまったときに、変わらぬものがある。年寄りにはありがたいものだ」

出された酒をうまそうに頼宣があおった。

「伯父上、このようなところで、なんのご冗談でございまするか」

用意周到な頼宣に光圀が唖然とした。

「まあ、待て。おぬしの敵娼が来るまでな。吉原名うての名楼三浦屋が格子女郎明雀、いや吉原の遊女、忘八を束ねる吉原雀」

頼宣は明雀の正体を知っていた。

「ご存じでありましたか」

「板倉重昌とは、何度も吉原であそんだ仲じゃ。最後の旗本であったな。惜しいもののふであった」

「父をご存じでありんしたか」

軽く身体を清めた明雀が遅れて入ってきた。後ろには吉原惣名主西田屋甚右衛門がしたがっていた。

「ああ。そなたは父の顔を知らぬのであったな。ふむ。まこと娘よな。目元のあたりが生き写しじゃ」

懐かしむように頼宣が語った。

「伯父上、なにゆえに明雀や西田屋がここへ」

光圀は二人が同席する理由がわからなかった。

「おぬしを支えてもらうためよ」

手にしていた盃を置いて、頼宣が告げた。

「わたくしをでございますか」

なんのことだと光圀が首をひねった。

「余でさえ、三日寝られなかったのだ。おぬしなら腹を切りかねぬ」

「まさか、村正の秘密が」

ようやく光圀は気づいた。

「そうじゃ。村正に隠された徳川の秘事。それが知れた」

ゆっくりと頼宣がうなずいた。

「わたくしどもがお聞きしてよろしいので」

西田屋甚右衛門が問うた。

「ここは常世ではない。無縁の地吉原であろ。世間のことは吉原に入らず、吉原のことは外に出ずのはずだ」

すべてとのかかわりを捨てた吉原の住人は、外のことにいっさいのかかわりを持たなかった。また男女の閨ごとで生きているだけに、睦言を大門外に漏らすようなまねも絶対にしなかった。それをしたとき、吉原は死ぬと明雀も西田屋甚右衛門も理解していた。

「そのとおりでございますが」

まだ西田屋甚右衛門は納得してはいなかった。

「明雀だけでよろしいのでは」

光圀を包みこむのは敵娼の仕事と西田屋甚右衛門はかかわりを避けようとした。

「おぬしには、もう一人を助けてやってもらわねばならぬ」

「もう一人……織江さまでございますか」

頼宣の言葉に、西田屋甚右衛門が応えた。

「そうじゃ。あやつをな」

「では、なぜここにお呼びにならぬ」

つじつまが合わないと光圀が首をかしげた。

「あやつはまっすぐすぎる。水戸どののように腹芸ができぬであろ。それにな」

盃に残った酒を頼宣がなめた。

「余はあやつのことが気に入っておる。この寛文の世にめずらしい侍ではないか。己の利害を求めぬ者。余はあやつを染めたくないのよ、黒き闇(やみ)にな」

頼宣の言葉に、三人が首肯した。

「水戸どのよ。本来なら、このまま墓まで余が持っていくべきなのだが、すでに館林の綱吉に知られてしまった。まだ、真実にはたどり着いておらぬが、いずれ気づこう。そのとき、対抗できる者がおらねば、綱吉に歯止めをかけることができまい。見たところ、あやつは家光に輪をかけた馬鹿じゃ」

「たしかに」

光圀が同意した。

「余が生きている間はまだいい。しかし、余もそう長くはない。では、これを誰に託すべきかと見わたしてみたが、おぬし以外におらぬ。恥ずかしいことだが、我が息子光貞は、女にうつつを抜かすだけ。尾張の光義は幕府の顔色ばかりをうかがう小者。教えればその足で阿部豊後のもとへ行きかねぬ」

「…………」

的確な頼宣の人物評価に、光圀は言い返せなかった。

「あきらめてくれ、光圀どのよ。安寧な夜を失うことになるが、御三家に生まれた者のさだめと思って耐えよ」

「はい」

しっかりと光圀がうなずいた。

「では、まずこれを見よ」

　懐から頼宣が、三本の村正に刻まれた文字を写した三枚の懐紙を出した。

「このヒュウカが水戸に。ミカワが我が紀州、そしてチクセンが尾張に伝わっていた村正に残されていた文字じゃ」

「国の名前でございますな」

　すぐに光圀は気づいた。

「これが秘事だと……」

　光圀が頼宣を見た。

「さすがの光圀どのもすぐにはわからぬか」

　小さなため息をもらして、頼宣が告げた。

「これは、三人の戦国大名が官名じゃ。思いつかぬか」

　そう示唆されて光圀はすぐに気づいた。

「ミカワは徳川三河守家康公、チクセンは羽柴筑前守秀吉どの、そしてヒュウカは、明智日向守光秀どの」

「そうよ。では次に残っている文字を繫げてみよ。テン、十、ショウをな」

「……このままでは意味が……いや、並べ替えればテン、ショウ、十とすれば、ときになりまする。天正十年」

「うむ。では、問う。天正十年にはなにがあった」

頼宣に問われて光圀が悩んだ。

「本能寺の変では」

横から西田屋甚右衛門が口を出した。

「明智光秀の謀反か」

光圀が大声をあげた。

天正十年（一五八二）、まさに天下統一まであと少しになっていた織田信長は、中国毛利攻めをしていた羽柴筑前守秀吉を援けるため安土を出発した。

宿敵武田勝頼を滅ぼした祝いにと盟友徳川三河守家康を伴って京の都へ入った織田信長を、六月二日早朝、明智日向守光秀が襲撃した。

幸い徳川家康は織田信長と別れて堺に滞在していたことで難を逃れ、ただちに三河へときびすを返したが、朝廷のある京は明智光秀のものとなった。

こうして織田家の天下は潰えた。

織田信長を倒した明智光秀は、そのわずか十日後、中国の兵を率いて上京した秀吉の軍勢に敗れた。

主君の仇をうった秀吉が全国を統一し、その死後関ヶ原の合戦を経て家康が天下人となった。

「まさか……」

顔色をなくして光圀が震えた。

「村正は逆順の太刀。そこに彫られた三人の武将。これ以上は言わずともわかるな」

頼宣が腰をあげた。

「織田信長どのは、あまりに苛烈であった。用済みとなれば譜代の家臣といえどもぼろぎれのように捨てる」

「………」

「役にたつ家臣は、銘刀のような者。使っている間はよいが、不要となったときに困る。手入れをせねばいたむし、うかつに抜けば己を斬るかも知れぬ。天下を取ったとき、譲るべき跡継ぎが愚昧であればあるほど、優秀な家臣に不安を抱く。当然だの。過去の歴史が証明しておる。鎌倉幕府における北条氏、室町幕府の管領たち、皆主君から実権を奪ってほしいままにした。天下取りが見えたとき、信長どのがなにを考えたか、そして誰よりも優れていた三人の武将たちはどう思ったのか。これも推測だが、おそらく秀吉どのが謀り、家康さまがのり、光秀どのが踊らされた。今となってはわからぬが、天下の主の変遷を考えてみれば、そうとしか思えぬ」

「明智のあとに羽柴、そして徳川。そのすべてが、先の覇者を滅ぼしている。村正が逆順と言われる由縁はそこに」

徳川の一門に生まれながら、すべての武士は朝廷に尽くすべきと天皇家を崇拝している光圀にとって、その根本は忠義にあった。その忠義を幕府に定義した家康が、不忠者であった。信長の家臣ではなかったかも知れないが、家康は秀吉の配下であったのだ。

「豊臣家を滅ぼしたのは、まだ理由もつけられるが、信長どのを罠にはめたことは言いわけできるものではない」

まだうつむいている光圀を見おろして頼宣が言った。

「すまぬな。老体一人で抱えこむにはきびしすぎる。後事を託せたことで、余は安心して父家康公のもとへ行くことができる」

ほっと頼宣が肩の力を抜いた。

「ではな。また江戸城で会おう」

帰りかけた頼宣を光圀が止めた。

「江戸城に村正は残されておりませぬのか」

「あったであろうなあ。おそらくカズサと刻まれたものが」

信長は長く上総介を名のりとしていた。

「その村正はどこに」

光圀が重ねて問うた。

「もうないであろう。でなくば、村正で指を切ったことさえない秀忠が村正禁令をだすはずあるまい。秀忠は、気づいていたのだろう。父家康さまから教えられたとは思えぬが、秀忠には家康さまの謀将本多正信(ほんだまさのぶ)がつけられていた。もっともその本多正信も村正同様、潰されてしまったがな」

「口封じ」

「さあの」

頼宣は首を左右に振った。

「本来、余の持っている村正は、父家康公とともに日光へ封じられるはずであった。そうしておけば、綱吉が他の村正を手にしたところで、謎は解けなかった。さすがに日光東照宮の廟をあばくことはできぬ。ばれれば、どのような秘事を握っていようとも許されぬでな。父家康公は、ミカワと書かれた村正を永遠に抱くことで、徳川に代わる者が出ぬようにと願われたのかも知れぬ。若かったとはいえ、父の思いをわからず欲だけで動いた余は愚かであった」

あらためての挨拶もなく頼宣が去った。

「主さま」

震える光圀を明雀が抱きしめた。

「あなたさまがお気になさんすことじゃありんせん。もうすべてすんだことでありんす」

「違う、違うのだ。過去の話ではない」

激しく光圀が首を振った。

「将軍家に残された村正には織田信長どのの名前が、そして水戸家に残された……」

音をたてて、光圀が唾を飲んだ。

「村正には明智光秀どのが名。これは、水戸が将軍家に取って代わるとの家康さまが予言。水戸は将軍の盾ではなかった。将軍という盾を刺す矛だったのだ。それに気づけばこそ、頼宣どのは、おいらに話を聞かせた。すべては綱吉どのを抑えるためのものではなく、水戸を封じるため」

「そのようなことは……」

なだめようとする明雀を光圀が止めた。

「徳川の名を冠するなかで、一段低い身分、格式。紀州の控えと呼ばれ、一歩引いた形を強いられているように見えて、そのじつ水戸だけが定府。参勤交代をせず、いつも将軍の側にいることができる。そして旗本頭の役目。これは、水戸の当主が将軍になろうとしたとき、すんなりとことが運ぶ準備なのだ。なればこそ、父頼房は、二人の兄義直どの、頼宣どののように野心を見せなくてすんだ。父頼房が、夜ごと村正を抜いて魅入っていたのは恨みではなく、そこに映る夢を楽しんでいた。いつか、水戸が将軍になるという夢を。権というものはそこまで人を取りこむもの」

「水戸さま」

西田屋甚右衛門が息をのんだ。

「頼宣どのは、おいらに権を求めるなと釘を刺しに来たのだ。兄を差しおいて弟がでしゃばるなとな。将軍に血筋を返すのは、紀州、すなわち頼宣どのが血だと宣された」

光圀は年老いたと笑う頼宣の心に巣くう執念に気づいた。

「これをおいらではなく緋之介にくれてやれとの意思か」

頼宣の坐っていた場所に残された村正に光圀は手を伸ばした。

「逆順の太刀……緋の字、おめえにまた重いものを背負わすことになっちまった。許せ」

深く光圀が頭を垂れた。

明雀も西田屋甚右衛門も語る言葉をもたなかった。

この作品は2008年4月徳間文庫として刊行されたものの新装版です。

徳間文庫

織江緋之介見参六

震撼の太刀
〈新装版〉

2016年5月15日 初刷

著者 上田秀人

発行者 平野健一

東京都港区芝大門二―二―二〒105―8055

発行所 株式会社徳間書店

電話 編集〇三(五四〇三)四三四九
販売〇四八(四五一)五九六〇

振替 〇〇一四〇―〇―四四三九二

印刷 株式会社廣済堂

製本 ナショナル製本協同組合

ISBN978-4-19-894103-1 (乱丁、落丁本はお取りかえいたします)

上田秀人「将軍家見聞役 元八郎」シリーズ

第一巻 竜門の衛

八代将軍吉宗の治下、老中松平乗邑は将軍継嗣・家重を廃嫡すべく朝廷に画策。吉宗の懐刀である南町奉行大岡越前守を寺社奉行に転出させた。大岡配下の同心・三田村元八郎は密命を帯びて京に潜伏することに。

第二巻 孤狼剣

尾張藩主徳川宗春は八代将軍吉宗に隠居慎みを命じられる。ともに藩を追われた柳生主膳は宗春の無念をはらすべく、執拗に世継ぎ家重の命を狙う。幕府の命運を背負う三田村元八郎は神速の太刀で巨大な闇に斬り込む。

第三巻 無影剣

江戸城中で熊本城主細川越中守宗孝に寄合旗本板倉修理勝該が刃傷に及んだ。大目付の吟味により、勝該は切腹して果てたが、納得しかねた九代将軍家重は吹上庭番支配頭・三田村元八郎に刃傷事件の真相究明を命じる。

上田秀人「お髷番承り候」シリーズ

一　潜謀の影（せんぼうのかげ）

将軍の身体に刃物を当てるため、絶対的信頼が求められるお髷番。四代家綱はこの役にかつて寵愛した深室賢治郎を抜擢。同時に密命を託し、紀州藩主徳川頼宣の動向を探らせる。

二　奸闘の緒（かんとうのちょ）

「このままでは躬は大奥に殺されかねぬ」将軍継嗣をめぐる大奥の不穏な動きを察した家綱は賢治郎に実態把握の直命を下す。そこでは順性院と桂昌院の思惑が蠢いていた。

三　血族の澱（けつぞくのおり）

将軍継嗣をめぐる弟たちの争いを憂慮した家綱は賢治郎を密使として差し向け、事態の収束を図る。しかし継承問題は血で血を洗う惨劇に発展――。江戸幕府の泰平が揺らぐ。

四　傾国の策（けいこくのさく）

紀州藩主徳川頼宣が出府を願い出た。幕府に恨みを持つ大立者が沈黙を破ったのだ。家綱に危害が及ばぬよう賢治郎が目を光らせる。しかし頼宣の想像を絶する企みが待っていた。

五　寵臣の真（ちょうしんのまこと）

賢治郎は家綱から目通りを禁じられる。浪人衆斬殺事件を報せなかったことが逆鱗に触れたのだ。事件には紀州藩主徳川頼宣の関与が。次期将軍をめぐる壮大な陰謀が口を開く。

六 鳴動の徴

激しく火花を散らす、紀州徳川、甲府徳川、館林徳川の三家。甲府家は事態の混沌に乗じ、館林の黒鍬者の引き抜きを企てる。風雲急を告げる三つ巴の争い。賢治郎に秘命が下る。

七 流動の渦

甲府藩主綱重の生母順性院に黒鍬衆が牙を剝いた。なぜ順性院は狙われたのか。家綱は賢治郎に全容解明を命じる。身命を賭して二重三重に張り巡らされた罠に挑むが——。

八 騒擾の発

家綱の御台所懐妊の噂が駆けめぐった。次期将軍の座を虎視眈々と狙う館林、甲府、紀州の三家は真偽を探るべく、賢治郎と接触。やがて御台所暗殺の姦計までもが持ち上がる。

九 登竜の標

御台所懐妊を確信した甲府藩家老新見正信は、大奥に刺客を送って害そうと画策。家綱の身にも危難が。事態を打破しようとする賢治郎だが、目付に用人殺害の疑いをかけられる。

十 君臣の想

賢治郎失墜を謀る異母兄松平主馬が冷酷無比な刺客を差し向けてきた。その魔手は許婚の三弥にも伸びる。絶体絶命の賢治郎。そのとき家綱がついに動いた。壮絶な死闘の行方は。

全十巻完結

徳間文庫　書下し時代小説　好評発売中